KB142806

남원성 사람들

명나라 장수
이신방전

남원성 사람들

고형권 지음

명나라 장수
이신방전

구름바다

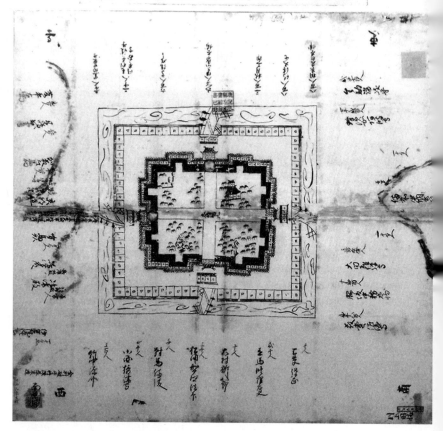

왜군남원성침공작전도 (남원 만인의총 소장)

정유재란 당시 남원성 전투에 참전했던 왜군 가와가미 후사구니가 그린 것이다.
남원성내 건물과 통로 서문과 성벽, 해자 등이 표시되어 있으며, 왜군의 포진과 병
력의 배치 상태가 자세히 기록되어 있다.

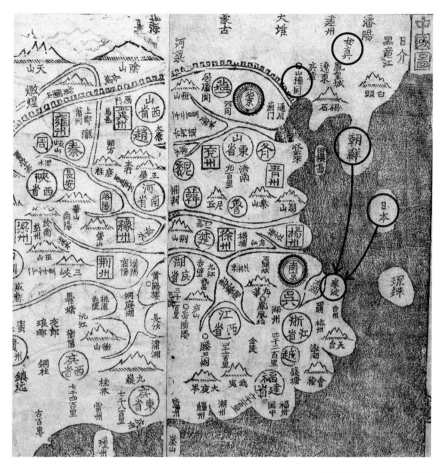

중국도 (서울역사박물관 소장)

조선 후기에 민간에서 유행했던 목판본 지도책에 포함된 지도.
이 지도책은 여러 곳에 많은 인본(印本)이 남아 있는 것으로 보아
널리 민간에 유포되어 이용되었던 지도로 보인다.

이신방李新芳은 잊힌 장수다. 고국 명나라 역사에서는 흔적을 찾기가 어렵다. 이국 땅 조선의 사서에 그의 이름이 겨우 전해올 뿐이다. 나는 그를 되살리기로 정했다. 내가 소설가라서 가능한 작업이다. 역사가가 아니고 소설 쓰는 사람이 되기를 잘했다고 생각한다.

"李新芳，字符德，号漳野，山西長治縣人，明朝政治人物，同進士出身。嘉靖二年（1523年），登進士，任南直隶淮安府、保定府推官，入为户部主事，改监察御史，出按直隶正定，因得罪官員被彈劾歸鄉。著有《周易大义》、《神易断意》、《语类要道录》、《太虚甲子经》、《漳埜文集》"

중국의 사이트를 검색해 이신방이라는 인물을 찾아내기는 했다. 하지만 그는 1597년 정유재란의 조선 땅에 와서 그의 부하들 삼천 명과 같이 남원부 백성들과 결연히 싸우다가 전사한 그 사람 이신방이 아니었다. 위의 기록대로라면 이신방은 1597년에 백 살 가까운 나이로 남원성 전투에 참가한 것이 된다. 아쉽지만 이신방에 대한 다른 기록이 나오기를 기대한다.

　나는 이신방이라는 인물이 너무나 궁금했다. 그는 어떤 연유로 대장 양원의 명을 거부하고 남원성에 남았을까? 왜 스스로 명분 없다고 생각했던 그 전쟁에 목숨을 걸었을까? 자신의 부모를 지키는 것도 아니고 자식을 지키는 것도 아니고 사랑하는 그 누구를 지키는 것도 아닌데 말이다. 또한 이신방을 따르는 명나라 장졸들은 어떤 연유로 이신방과 죽음을 같이 했을까? 그런 의문들이 내가 이신방을 소설로 쓰게 된 이유이다. 나는 이신방의 흔적을 찾아 중국 땅을 떠도는 내내 야릇한 흥분감에 빠져들었다. 《남원성》을 쓸 때와 같이 《명나라 장수 이신방전》을 소설로 쓰는 것이 어떤 운명 같다는 생각을 했다.

　나는 '중국'이라는 나라에 애증이 교차한다. 동북공정 등을 생각하면 속이 상했다가도 때때로 한없이 친근한 나라로 다가온다. 내가 〈명나라 장수 이신방〉을 조명해보겠다고 말

했을 때 나의 지인 중 한명은 혹시 중국에 대한 새로운 사대
주의事大主義를 만드는 것이 아니냐? 하는 의구심을 표현한
적이 있다. 나는 그 친구에게 이렇게 말한 것으로 기억한다.

"인간에 대한 예의다."

이역만리 타국에 와서 하나뿐인 목숨 걸고 왜국의 침략에
맞서 같이 싸워준 삼천 병사들에 대한 예의라고 본다. 정유
재란 때 십만 개 이상의 코를 베어다가 만든 교토의 '코무덤'
에는 명군의 코도 같이 묻혀 있다. 일본의 우익들은 지금도
교토의 코무덤 앞에서 매년 욱일기를 휘날리며 성대한 전승
기념행사를 치른다.

나는 남원 만인의총에 명군을 기리는 비문을 세우고, 신
위를 모시고, 남원의 관왕묘를 잘 정비하고, 북문 터에 만들
어질 역사공원에는 명나라 병사들을 기리는 기념관을 만들
어야 한다고 생각한다. 이 소설은 그날 오만 육천여 왜적에
맞서 함께 싸워준 명나라 삼천 병사들의 원혼에 대한 예의
의 하나라고 독자들이 생각해 주었으면 한다.

중국 취재에 도움주신 최종명 작가, 취재에 동행해주신 박
철용 대표에게 감사의 인사를 전한다.

2019년 봄
교하에서 고형권

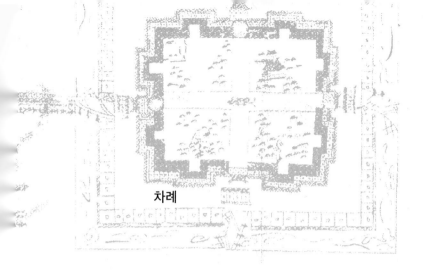

차례

1장 /
소년 척가병

"나와라!"

동문 밖에서 외치는 소리가 들렸다.

"나와라!"

계광의 미간이 저절로 찌푸려졌다.

"나와라, 척계광!"

이제 계광의 이름까지 함부로 부르고 있었다. 동문 밖에 구경꾼이 모여든 모양이었다. 이백 걸음 정도 떨어진 관사까지 웅성거리는 소리가 들렸다. 계단이 삐걱거리고 누군가 서둘러 올라오는 소리가 들렸다. 필시 부관 이륜일 것이다. 계광의 입꼬리가 슬쩍 올라갔다.

'재미있는 놈이다.'

놈이 슬슬 계광의 흥미를 끌고 있었다.

"장군!"

이륜이 고개를 숙이며 말했다.

"나와라 그놈이 또 왔습니다. 어찌 할까요?"

이륜이 난감한 표정으로 물었다.

"벌써 여섯 번째 소란입니다."

사람들은 그놈을 '나와라'라고 불렀다. 이름을 물어봐도 한사코 대답하지 않기 때문에 붙여진 이름이었다. 이놈이 "나와라"를 외친 것은 벌써 여섯 달 전이었다. 어디 사는 놈인지? 무엇하다 온 놈인지도 모른다. 여섯 달 전에 갑자기 도저성 동문 앞에 나타나 "나와라"를 외친 것이다. 이놈이 감히 계광과 무술을 겨루자고 나타난 것이다. 처음에는 경비병에게 얻어맞고 돌아갔다. 다음 달에는 긴 대나무에 광목천을 깃발처럼 묶고 붉은 글씨로 '나와라 척계광'을 크게 써서 나타났다. 성 앞에 사는 상인들이며 어부들이 구경나오기 시작했다. 경비병에게 또 얻어맞고 돌아갔다. 세 번째 왔을 때는 계광이 부관 이륜을 보내서 연유를 물었다. 그제야 어린 놈이 척가병 입대를 허락해 달라고 말했다.

안 될 말이었다. 부관의 말에 따르면 너무 어린놈이었다. 이제 겨우 열두세 살 정도 된다고 했고 그나마도 또래 애들에 비해 체구가 작고 비쩍 곯은 놈이라 했다. 그래도 그놈은 한사코 들이댔다. 부관이 일단 자기를 이겨야 척 장군을 만날 수 있다고 하자 어린놈은 이류에게 죽기 살기로 달려들었다. 곤봉으로 얻어맞고 죽창에 찢기고 얼굴이 깨지고 심지어 다리가 부러지기도 했다. 그러나 그놈은 다리를 질질 끌고 사라졌다가 매달 보름이 되면 다시 나타났다.

"나와라, 힘내라!"

"나와라, 이겨라!"

마웅의 목소리가 멀리서 들렸다. 일부러 계광에게 들리도록 조원들이 소리를 맞추어 외쳤다. 마웅은 이름대로 곰같이 힘이 좋다고 하여 계광이 붙여준 이름이었다. 원래 영파 인근에서 광산을 지키던 놈이었는데 계광이 직접 무술을 겨루고 나서야 데려온 척가병 조장이었다. 원앙진법을 가장 먼저 이해하고 실전에 적용했던 괴력을 가진 놈이었다. 마웅은 계광이 아끼는 부하 중의 한 명이다. 마웅은 어린놈이 맘에 드는 모양이다. '나와라'를 응원하는 병사들이 늘어갔다.

"류, 네가 처리해라."

이류이 안타까운 표정으로 고개를 절레절레 흔들면서 동문으로 내려갔다. 잠시 후 함성이 터져 나왔다. '나와라'를 응원하는 소리였다. 계광도 어린놈의 사연이 궁금하기는 했다. 그러나 그놈은 한사코 계광이 아니면 말하지 않겠다고 했다.

"이겨라, 나와라!"

"이겨라, 나와라!"

함성 소리가 커졌다. 죽창 부딪히는 소리가 들리고 이륜의 함성 소리도 들렸다.

"와, 이겼다!"

"나와라, 만세!"

"나와라, 만세!"

함성과 박수소리가 커졌다. 계광의 미소가 커졌다.

'이놈, 이륜이!'

이륜이 멋쩍은 표정으로 들어왔다. 뒤통수를 긁적였다. 실실 웃었다.

"장군, 제가 방심하다 한방 먹었습니다."

일부러 져 준 것을 모르는 바 아니다. 계광이 어쩔 수 없이 동문으로 나섰다.

"나와라, 척계광!"

"나와라, 척계광!"

마웅 일당들이 대놓고 척계광을 불렀다. 계광이 동문에 나서자 모두 조용해졌다. 어린놈은 머리를 짧게 자르고 부스스한 모습이었다. 광대뼈가 튀어나왔고 어깨는 좁았다. 무골은 아니다. 계광이 입맛을 다셨다. 다만 그놈의 쏘아보는 눈빛이 굶주린 늑대의 것인 양 번들거렸다. 계광이 물었다.

"이름이 무엇이냐?"

어린놈이 어깨를 쭉 펴고 대답했다.

"이신방이다."

건방진 놈이다. 경비병이 어린놈을 꿇어앉히려 했지만 어린놈은 무릎 꿇기를 거부했다. 계광이 제지했다. 어린놈이 계광을 쏘아보았다. 계광이 다시 물었다.

"그래. 이신방, 네놈이 척가병에 들어오고 싶다고 했느냐?"

이신방이 바로 대답했다.

"그렇다. 나는 척가병에 들어가고 싶다."

계광이 이신방을 노려보며 물었다.

"척가병에 들어오려는 연유가 무엇이냐?"

이신방이 잠시 주저하다 당돌하게 말했다.

"척가병으로 받아주면 그때 이야기하겠다. 먼저 척가병에 입대시켜주라."

"푸- 하- 하-"

계광이 크게 웃었다.

"당돌한 놈이다. 그래, 네놈도 척가병의 엄한 규칙을 알고 있을 터다. 네놈이 네 조원들을 지키고 왜구와 맞서 싸울 수 있겠느냐?"

이신방이 척계광을 노려보았다. 사실 척가병에는 아무나 들어 올 수 없었다. 가끔씩 굶주리다 지쳐 밥이라도 양껏 먹고 싶어 척가병을 자원한 이가 있기는 했지만 힘든 훈련을 못 버티고 쫓겨 가기 일쑤였다. 척가병이 되려면 혹독한 훈련을 통과해야 했고 무엇보다도 왜구에 대한 두려움이 없어야 했다.

영락제가 남경에서 북경으로 천도한 이후 오랫동안 해안가 사람들은 영파에서 태주 일원, 멀리 광주까지 왜구의 등살에 시달렸다. 왜구의 칼은 놀라운 위력을 지녔다. 명에서는 그런 칼을 만들지 못했다. 조정은 북방 몽고, 여진족과 싸우기에도 버거웠다. 왜구는 단순한 해적이 아니었다. 유구에서 출진하거나 왜국 본토 규슈에서 직접 출진하기도 했다. 왜국 규슈의 영주는 해금정책 이후 명을 등진 명의 상인과 결탁하여 영파를 점령하려고 시도했다. 때로는 백여 척 이상의 배로 상륙하여 성을 점령하기도 하고 심지어는 남경을 위협하기도 했다. 왜구는 명의 골칫덩이 중 하나가 되었다. 급히 왜구를 토벌하기 위해 척계광이 파견되었다. 명장 유대유 장군도 왜구와의 싸움에 힘겨워하고 있었다.

척계광은 먼저 척가병을 새로 만들었다. 허약한 관군이 아니라 농민이나 광산공, 상인, 노비, 염전공, 어부 중에서 겁이 없고 신체가 단단한 이들을 뽑았다. 그리고 왜구의 조총과 칼에 맞서기 위해 원앙진법을 개발했다. 이제 원앙진법은 어느 정도 실전에 적용할 정도가 되었다.

원앙진은 조원 간의 강력한 단결과 신뢰를 바탕으로 했다. 조장은 잠시라도 진격을 주저하거나 후퇴하는 조원이 있으면 즉결처분했다. 방패병은 등갑방패로 왜구의 조총과 칼에 맞서 오직 방어만 했다. 방패병의 목숨은 다른 조원이 살렸다. 공격은 장창병 또는 화전병이 했다. 조원들 중 한명이라도 전투 중 전사하면 조원 전체가 참수되었다. 원앙은 암수 한 쌍 중 한 마리가 죽으면 남은 한 마리가 따라죽는다. 그래서 붙은 이름이 원앙진이다. 조원은 누구라도 목숨을 걸고 지켜야할 전우가 된 것이다. 그러니 어떤 조라도 저렇게 어리고 허약한 놈을 받아주려는 조는 없다. 어린놈의 실수로 조 전체가 죽을 수도 있기 때문이다.

이신방이 겁 없이 계광에게 말했다.

"말이 많다. 자격이 있고 없고는 실력이 말해 준다. 장수는 오직 검으로 이야기한다. 겨뤄보면 될 일이다. 내 검을 받아라."

이신방이 목검을 들고 한 발짝 나섰다. 계광은 어이가 없었다.

"그놈 참 당돌한 놈이구나. 네놈이 내 옷깃 하나라도 스친다면 네놈이 이긴 것으로 해주마."

척계광도 목검을 들고 나섰다. 둘러선 사람들이 한걸음씩 뒤로 물러섰다. 마웅은 특히 마음을 졸이며 '나와라'를 응원했다.

"남아일언중천금이다. 나중에 딴 말하기 없다."

이신방이 척계광에게 물었고 계광은 미소를 흘리며 손으로 들어오라고 까닥까닥 했다.

왼쪽으로 슬슬 돌던 이신방이 잽싸게 목검으로 척계광의 목을 겨누고 찔러갔다. 계광이 몸을 슬쩍 비끼면서 이신방의 손목을 쳐서 검을 떨어뜨리고 목검으로 머리를 쳤다. 이신방이 땅에 나뒹굴었다.

마웅의 탄성이 터졌다. 허망하게 된 것이다. 단 한 번에 승부가 갈린 것이다. 이신방이 벌떡 일어나서 죽창을 들었다.

"검은 내 실수다. 척 장군은 봉술의 달인이라 들었다. 창으로 겨루자."

이신방이 뻔뻔하게 말했다.

"이신방, 이겨라!"

마웅이 대놓고 이신방을 응원했다. 마웅 패거리가 전부 이신방을 응원했다. 그러자 구경하던 마을 사람들도 덩달아 이신방을 응원했다.

"이신방, 이겨라!"

계광은 어이가 없었다. 도저에서 계광이 이토록 마을 주민들에게 신망을 잃어 본 적은 처음이다.

"좋다. 이번에는 봐주는 것 없다. 각오해라."

계광이 죽창을 집어 들었다. 이신방이 창을 앞으로 쑥 뻗었다. 이신방의 창끝에 힘이 들어갔다. 마치 물소의 뿔이 휘둘리는 듯 좌우로 흔들렸다.

계광은 속으로 '이놈 제법이구나.' 라고 생각했다. 이신방의 창이 동서남북 사방을 찔러왔다. 계광이 쭉 뒤로 밀렸다. 박수소리가 터졌다. 이신방이 으쓱하는 표정을 지었다.

계광이 창을 땅으로 슥 내리고 한손으로 이신방을 불렀다. '오너라.' 하는 표정이었다. 이신방이 창을 두 손으로 들어 공중제비 돌면서 계광을 후려쳐 갔다. 계광이 두 손으로 이신방의 창을 막고 받아쳤다. 이신방이 땅에 떨어지면서 창으로 계광의 다리를 돌려 쳤다. 계광이 훌쩍 뛰어올랐다. 계광의 창이 이신방의 창을 후려치고 이신방의 머리를 강타했다. 이신방이 맨땅에 패대기쳐졌다. 이신방이 의식을 잃고 기절했다. 머리가 깨져 피가 홍건했다. 승부가 나버린 것이다. 계광은 씁쓸한 표정으로 말했다.

"내다 버려라!"

계광이 창을 버리고 관사로 돌아서자 갑자기 마웅이 계광의 앞을 막았다. 무릎을 꿇고 말했다.

"척 장군, 저 놈을 우리 조에 주십시오."

마웅이 고개를 숙였다. 계광이 다짐하듯 물었다.

"마웅, 네가 책임진다고? 진심이냐?"

마웅의 표정이 밝아지며 말했다.

"우리 조에서 저 어린놈을 받기로 했습니다. 허락해 주십시오."

마웅이 둘러보자 조원들이 모두 나와 머리를 숙였다. 계광이 살짝 미소를 띠우며 말했다.

"저 어린놈의 목숨은 너희에게 달렸다. 데려가라."

"와!"

함성 소리를 내면서 마웅이 기절한 이신방을 둘러업고 약방으로 달렸다. 덩달아 마을 사람들도 약방으로 달려갔다. 한 시진 만에 이신방은 깨어났다. 마웅과 조원들이 이신방의 머리를 쓰다듬었다. 치료를 마치고 계광의 관사에 인사를 갔다. 머리에는 붕대를 칭칭 감고 척가병의 군복을 입은 상태였다. 군복은 마웅이 급히 줄여준 모양인지 포대 자루를 뒤집어 쓴 것 같았다. 척계광은 미소를 지었고 이신방은 처음으로 크게 절했다. 척 장군에게 감사하다며 눈물을 흘렸다.

이신방은 원래 척계광과 같은 산동 출신이었다. 부모는 역병으로 돌아가셨다. 두 살 때부터 상인인 조부를 따라 영파에 와서 살았다. 해금정책으로 배가 묶이자 어렵사리 광주에서 영파를 오가며 밀무역으로 살고 있었는데 조부는 특히나 허약한 이신방을 총애하여 글을 가르치고 산법과 역법을 가르치면서 큰 상인을 만들고 싶어 했다. 이신방은 머리가 총명하여 조부를 기쁘게 했다. 이신방은 등주에서 영파, 태주, 온주, 광주를 거쳐 어떤 때는 대월국까지 조부와 같이 다녀오기도 했다. 가끔씩은 조선의 상선과 만나기도 했다. 이신방은 조부를 아버지인양 따르며 살았다.

이신방은 특히 그림 그리기를 좋아했다. 한번은 조부가 페르시아에서 상인이 가져온 화첩을 이신방에게 선물했다. 이신방은 목탄으로 배면에 그림을 그리기 시작했다. 페르시아의 꽃문양이 배에 가득했다. 이신방은 인물그리기도 좋아했다. 특히나 고기 잡는 어부를 즐겨 그렸다. 배를 타고 가다 석양이 바다로 잠길 때 그물을 걷어 올리는 어부의 수건 아래 드러난 주름진 얼굴을 즐겨 그렸다. 갈매기와 뛰어오르는 숭어도 그렸다.

이신방의 나이 열한 살 된 작년에 석포어항이 왜구에게 공격당했다. 조부의 상선을 왜구에 빼앗기고 조부도 죽임을 당했다. 이신방은 조부의 죽음을 객잔의 문틈으로 지켜봐야만 했다. 번연히 조부가 왜구의 칼에 죽어가는 것을 보고도 감히

나서지 못했다. 이신방은 조부의 죽음보다 겁 많은 자신이 죽고싶도록 싫었다. 이신방은 조부의 원수를 갚고 싶었다.

상인되기를 포기하고 무인이 되기로 결심했다. 마침 그때 척가병을 모집한다는 소식을 들었고 척가병은 왜구와의 싸움에서 연전연승한다는 소식을 들었다. 이신방은 척가병이 되어야만 했다. 이신방은 도저에 어찌어찌 찾아왔다. 객잔의 점원으로 일하면서 틈틈이 척가병이 훈련하는 모습을 훔쳐보았고 혼자 달밤에 연습을 했다. 객잔 주인도 부지런한 점원을 두고 보았다. 목검을 휘두르고 죽창을 만들어 찌르고 베었다. 웬만큼 검술이 몸에 익었다 싶었다. 그러다 '나와라'가 된 것이었다.

이신방은 하루가 다르게 커갔다. 자고 일어나면 한 치씩 크는 것 같았다. 이신방은 달리기를 잘했고 빠르게 말 타는 법을 배웠다. 마웅은 그런 이신방을 마치 자식인 것처럼 귀여워했다. 척계광은 이신방이 말달리고 활 쏘는 모습을 흐뭇하게 지켜보았다. 이신방은 원앙진에서 맨 앞을 지키는 방패병에 배치되었다. 담력훈련에도 자원했다. 방패를 들고 서있으면 왜구의 조총으로 방패에 총을 쏘는 시험이었다. 방패가 왜구의 조총에 얼마나 버티는가를 알아보려는 시험이었다.

무서워서 아무도 자원하지 않았지만 이신방이 손을 들고

나갔다. 마웅이 제지했지만 막무가내였다. 조총이 발사되고 총알이 방패를 뚫고 나갔다. 총알이 이신방의 어깨를 관통하여 피가 뿜어져 나왔다. 그래도 이신방은 실실 웃기만 했다. 그때부터 이신방은 독종으로 불렸다. 처음으로 이신방이 조부의 원수를 갚을 기회가 생겼다. 왜구 한 무리가 도저진에 나타난 것이었다. 그때 이신방의 나이 열일곱이었다.

2장

도저 전투

"둥 둥 둥 둥 둥-"

전고가 빠르게 울렸다. 진짜로 왜구가 나타난 것이다. 도저 앞바다에 나가 있던 고깃배며 오봉선이 전부 성진으로 피신했다. 장마철에 개미가 황급히 집으로 돌아오는 듯싶었다. 도저 십삼저에 흩어져 있던 배들이 점점으로 몰려왔다. 성 밖의 어민들이 황급히 성으로 피신하기 시작했다.

이신방은 호흡이 꽉 막히는 것 같았다. 다리가 후들거렸다. 이제 이신방도 열일곱 살이었다. 어깨는 쩍 벌어졌고 얼굴에는 여드름이 덕지덕지했다. 이신방이 척가병 중에서 달리기는 으뜸이었다. 이신방의 별명은 어떤 때는 '나와라'였다가 어떤 때는 '독종'이었다. 척 장군만큼 창을 잘 썼다. 말을 타고 달리면서 활을 날리는 솜씨는 일품이었다. 그러나 지금은 훈련이 아니었다. 칼에 피를 묻혀야 할 때인 것이다. 조부의 원수를 갚을 때가 왔다. 왜구의 목에 칼을 꼽아야 한 다. 이신방이 이를 앙다물었다. 신물이 넘어왔다. 입맛이 썼 다. 흘낏 마웅 대장을 올려보았다. 마웅은 전혀 표정에 변화 가 없었다. 오히려 싱글거리는 듯했다.

봉화대에 연기가 올랐다. 저초진에서 올리는 봉화도 뚜렷 이 보였다. 검은 연기가 한번 파란 연기가 여섯 번 올랐다. 대장선 한 척에 돌격선이 여섯 척이라는 신호였다. 이신방은 빨리 계산을 해 보았다. 대장선 한 척에 오십 명, 돌격선 한 척에는 이십 명이 탄다. 이백 명 정도의 왜구가 도저진으로 들어온 것이다. 그렇게 많은 왜구는 아니다.

이신방은 내심 안심이 되었다. 도저성에서도 연신 태주로 왜구의 침범을 알리는 봉화가 올라가고 전고가 울렸다. 이 신방도 성벽에 올라 멀리 도저 십삼저를 내려다보았다. 아직 왜구의 배는 보이지 않았다. 아직은 도저 입구 저초진 전방 에 상륙하고 있을 것이다. 마웅이 급히 척 장군의 호출을 받 고 관사로 뛰어갔다. 이제 마웅은 천 명의 군사를 지휘하는 천총이 되었다.

"이건 필시 태주를 치기 위한 유인책이 분명하다."

척계광이 지도를 내려다보며 말했다. 태주 일대의 지도가 그려져 있다. 둘러선 부장들의 표정이 굳어졌다. 부관 이륜이 말했다.

"장군, 태주에서 보내온 봉화에 따르면 태주 쪽에 상륙한 왜구는 물경 이만 명의 대군이라 합니다. 어찌하오리까?"

척계광이 눈을 감고 생각했다.

'헉, 이만이나?'

부장들이 긴장한 표정이 역력했다. 다들 입이 쩍 벌어졌다. 하긴 척 장군 휘하 척가병은 전부해도 삼천이다. 아무리 척가병이 무적이라 하나 이만 대 삼천이면 중과부적으로 보였다. 척가병에는 훈련은 했으나 실전 경험이 없는 신병들도 많았다. 순간 적막이 흘렀다. 마웅이 나섰다.

"뭐가 걱정이요. 가서 부셔버립시다"

"푸-하하-"

마웅이 헛웃음을 날렸다. 웃음이 끝나자 척계광이 자리에서 일어나서 단호한 목소리로 말했다. 부장들의 마음을 읽은 듯했다.

"원앙진이 우리를 지킬 것이다. 혼자는 약하지만 모이면 강해진다. 두려워 말라."

척계광이 원앙진을 거론하자 부관들의 눈빛이 달라졌다.

'그렇지. 우리에게는 원앙진이 있다.'

"오늘을 위해 피눈물을 흘려왔다. 오늘 우리는 결코 피를 흘리지 않을 것이다. 피는 왜구들이 흘릴 것이다. 알겠는가?"

부장들이 고개를 끄덕였다. 부장들도 알고 있다. 지금의 척가병은 과거의 허약한 명군이 아니다. 이제는 척 장군과 같이 생로를 뚫어야 한다. 척 장군이 마웅을 보며 말했다.

"마웅, 너는 삼백을 이끌고 도저에 상륙한 왜구를 소탕하라. 끝까지 추격하여 배를 불태우고 돌아와서 도저를 지켜라."

마웅은 선봉으로 태주에 가지 못하는 것이 아쉬운 듯 마지못해 대답했다. 척계광이 그런 마웅을 보고 다짐하듯이 다시 말했다.

"마웅, 너의 역할이 크다. 결코 왜구를 가볍게 보아서는 안된다. 도저를 단단히 지켜라. 알겠는가?"

마웅이 무릎을 꿇고 대답했다.

"장군, 반드시 도저 땅에 왜구가 발을 붙이지 못하게 하겠습니다."

척계광이 부관들을 둘러보면서 작전명령을 내렸다.

"나머지 병력은 지금 바로 전선을 타고 태주로 이동한다. 한시가 급하다. 출동하라."

척계광은 유대유 장군이 지키고 있는 태주를 지원하기 위

하여 병력을 급히 이동시켰다. 마웅은 급히 부하들을 무장시
키고 도저성을 빠져나갔다.

마웅이 이끄는 도저병은 도저성에 이르는 언덕 위에 매복
하여 진을 펼쳤다. 큰 바다를 건너온 왜구는 저초진 앞에 배
를 정박하고 저초진을 점령하고 나서 천천히 해안선을 따라
도보로 도저성으로 올 것이다. 지금까지 왜구가 늘 그래왔
다. 배를 타고 직접 도저진으로 상륙하지는 않을 것이다. 도
저 십삼저는 작은 섬들이 꼬리를 물고 겹겹이 펼쳐져 있어
시야가 가려져 매복하기 좋기 때문에 왜구들이 배를 타고
오기에는 불리했다. 이신방은 마웅이 조장으로 있는 원앙진
에 좌방패병으로 배치되었다. 이신방은 마웅과 같은 조에 있
어 조금 안심이 되었다. 방패병에게는 작은 단도가 지급되었
다. 공격용은 아니고 방어용이었다.

이신방은 단도를 만지작거렸다. 초조했다. 이신방은 고개
를 들어 저초진 쪽을 바라보았다. 바로 옆자리의 방패병 진
염과 시선이 마주쳤다. 초조한 얼굴이었다. 진염이 멋쩍게
웃었다. 진염도 실전은 처음이었다. 진염은 석포어항 염전공
이었다. 소금장이라 하여 이름도 염으로 지었다. 대대로 염
전에서 소금을 만들다가 부모가 왜구에게 죽임을 당하자 자
진하여 척가병이 되었다. 진염은 나이가 서른에 가까운 노총

각이었다. 진염도 초조하기는 마찬가지인 모양이다. 다리가 가늘게 떨렸다.

그때 멀리 저초진에서 철수하는 전초조가 보였다. 원래 계획된 작전대로 왜구가 저초진에 상륙하면 저초진 병력은 싸우지 않고 황망하게 도망가는 듯이 빠져나와 도저 본대로 물러나도록 되어 있었다. 저초진 조장이 마웅에게 보고하고 매복진에 들어갔다. 왜구는 척가병에 대하여 아직 잘 모른다. 왜구만 나타나면 무서워서 도망가기 바쁜 명군으로만 알고 있다. 저초진이 비어 있는 것을 보고는 '역시나!' 하면서 희희낙락대며 오고 있을 것이다.

향이 두 번 정도 탄 시간이 지나자 해안선을 따라 난 길에 왜구들의 모습이 잡혔다. 조총을 든 병력이 십여 명, 대부분 칼을 찼다. 더러는 쌍칼을 찬 놈들도 보였다. 긴 창끝에 낫을 끼운 창병도 보였다. 도무지 대열도 없이, 진법도 없이 무질서하게 걸어왔다. 산책을 나온 건지, 원행을 나온 건지 긴장감이란 보이지 않았다. 그 중 한 명은 말을 타고 있었다. 대장인 듯했다. 반원형 투구에 제법 화려한 갑주를 입었다. 멀리서도 투구에 입힌 금빛이 번쩍거렸다. 나머지 병력은 옷이 제각각이었다. 규슈의 왜군은 아닌 것 같고 해적 떼 같았다. 왜구들이 백보 앞으로 다가왔다. 마웅이 소리쳤다.

"전투 준비!"

일제히 척가병이 일어섰다 삼십 분대 정도의 원앙진이 방패병, 낭선병, 장창병, 당파병 순으로 정렬하여 일어섰다. 언덕 위를 막아섰다. 갑자기 작은 산이 불쑥 올라왔다. 순간 왜구들이 당황한 듯 보였다.

'어, 어, 이놈들이 어쩐 일이지?'

하는 표정이 읽혀졌다. 왜구 대장이 말 위에서 부채를 꺼내들어 흔들기 시작했다. 그러자 왜구들이 전부 부채를 꺼내서 흔들었다. 금칠을 한 부채가 태양에 반사되어 번쩍거렸다. 한 놈이 알아들을 수 없는 소리로 노래를 부르기 시작했다. 이신방에게도 그 노래 소리가 들렸다.

'이런 죽일 놈들, 전쟁이 놀이라는 거냐?'

이신방은 왜구들이 아무런 두려움도 없이 노래를 흥얼거리는 것이 두려웠다. 이때 마웅이 크게 소리쳤다.

"우리는 형제다. 두려워 말라. 기다려라."

이신방은 형제라는 마웅의 외침을 듣고 나서야 마음이 진정되는 것을 느꼈다.

'그래 내 역할만 다하자.'

그때 왜구 대장이 소리쳤다.

"가자. 계집과 술이 저 앞에 있다. 가서 다 가져라!"

"와, 가자! 와- 우- "

함성과 함께 먼지가 날리고 조총병이 먼저 달려왔다. 이신방이 생각했다.

'이건 내가 막아야 한다.'

이신방은 진염과 같이 방패를 빈틈없이 앞세우고 앙버팀을 했다. 방패 뒤로 조원들이 들어왔다.

'이걸 막아야 우리가 이긴다. 버티자.'

이신방은 이를 앙다물었다. 조총소리가 울리고 땅바닥에 파편이 튀고 이신방의 방패가 심한 충격에 튀었다. 몸이 휘청거리고 넘어질 뻔했다. 그러나 방패가 깨지지는 않았다. 조총에 방패가 깨지지 않자 왜구들이 긴 칼을 빼어들고 달려오기 시작했다. 이신방이 방패 틈으로 바라보니 대부분 맨발로 달려왔다. 왜구의 발과 칼이 불과 오보 앞으로 다가왔다. 왜구의 일렬이 갑자기 땅속으로 푹 꺼졌다. 함정을 일렬로 해자처럼 길게 파고 대나무 위에 흙을 얹어 놓았는데 그걸 모르고 달려온 왜구들이 함정에 빠졌다.

이때 장창병이 방패 뒤에서 나와 왜구를 찔렀다. 다시 왜구들이 함정을 넘어 기어 올라왔다. 낭선이 왜구의 긴 칼을 흔들고 낚아챘다. 왜구의 창도 낭선이 흔들거리자 방향을 잡지 못했다. 낭선병이 가로막고 방패병은 버티고 그 틈에 장창병이 찌르고 당파병이 화전을 날렸다. 화전이 터져 불꽃이 왜구에게 쏟아졌다. 한순간에 왜구의 전열이 무너졌다. 한

번의 공격에 왜구 오십여 명이 죽었다. 다시 한 번 왜구의 조총부대가 탄약을 장전하고 앞으로 나섰다.

이신방이 다시 방패를 들고 막아섰다. 진염은 이신방보다 큰 방패로 막았다. 이번에는 조총의 사거리가 짧아서 방패가 부서질 수도 있었다.

"꽝-"

조총이 발사되고 이신방의 몸이 벌렁 뒤로 넘어졌다. 방패가 깨져 손잡이 부위가 둘로 쪼개졌다. 귀가 윙윙거렸다. 하늘이 빙빙 도는 것 같았다. 느린 그림으로 함정을 건너 넘어오는 왜구의 발이 보였다. 이신방이 반만 남은 방패를 들고 왜구에게 돌진했다. 가슴팍으로 파고들어 장도로 위에서 후려치려는 왜구의 팔을 두 손으로 잡았다. 왜구의 땀 냄새가 훅 끼쳐왔다. 왜구가 팔을 빼려고 버둥거렸다. 순간 왜구의 칼이 땅에 떨어졌다. 장창병이 왜구를 찔렀다. 왜구가 이신방에게 쓰러졌다. 이신방이 왜구를 방패로 밀쳐냈다. 함정을 넘어온 왜구는 없었다. 그 한 번의 공격으로 왜구 오십여 명이 또 죽었다.

왜구 대장이 먼저 말머리를 돌려 도망가기 시작했다. 왜구들은 눈앞의 상황을 믿을 수 없다는 듯 머뭇거리다가 일제히 뒤돌아서 도망치기 시작했다. 마웅이 벌떡 일어나 소리쳤다.

"쫓아라! 한 놈도 살려두지 마라!"

일제히 척가병이 달려 나가기 시작했다. 낭선병이 낭선을 버리고 허리에 차고 있던 활에 화살을 메겨 왜구에게 날렸다. 왜구들이 픽픽 쓰러졌다. 이신방도 벌떡 일어나 쓰러진 왜구의 장도를 집어 들고 달려 나갔다.

'이제는 조부의 원수를 갚을 때다.'

왜구의 장도는 가볍고 강했다. 왜구의 장도에 왜구의 목이 잘렸다. 한칼에 몸뚱이가 잘려나갔다. 피가 뿜어져 나왔다. 피가 이신방의 얼굴을 때렸다. 이신방이 손등으로 눈가의 피를 쓸어내렸다. 빨간 하늘이 보였다. 다시 울컥 구역질이 올라왔다. 이신방의 머릿속이 하얗게 변했다. 눈은 벌겋게 되었고 왜구의 허둥대는 뒷모습만 보였다. 베고 또 베었다. 이신방이 혼자서 왜구 깊숙이 치고 들어와 살육을 했다.

사방에 왜구들이 득실거렸다. 이신방 혼자 고립되었다. 이신방도 언제 칼을 맞았는지 등짝이 뜨끔하고 바지가 피에 젖었다. 등 뒤에서 이신방을 찌르던 왜구를 향해 마웅이 창을 날려 죽였다. 마웅을 바라보는 이신방의 눈빛이 흐릿했다. 마웅이 이신방의 머리채를 잡고 흔들었다.

"정신 차려라, 독종!"

그러나 이신방은 아무 소리도 들리지 않았다. 마치 악귀에 홀린 야차처럼 왜구들에게 달려들었다. 진염이 달려와서 이신방을 도왔다. 이신방은 달리고 달렸다. 베고 또 베었다. 느린 동작으로 왜구들이 몰려왔다. 몇 명의 왜구를 베었는지 모른다. 왜구들이 오히려 이신방에게 겁을 먹었다. 이신방이 피 칠갑을 하고 겁 없이 마구잡이로 달려들었다. 멀리 왜구들의 배가 보였다. 대장선으로 도망가는 왜구 대장의 말이 보였다. 이신방이 먹잇감을 찾은 듯 대장선으로 혼자 달려갔다. 왜구들이 이신방을 피해 물러났다. 마웅이 급히 그런 이신방을 쫓아갔다.

포구에 도착한 당파병이 일제히 왜구의 대장선에 화전을 날렸다. 화전을 맞은 대장선이 불에 타기 시작했다. 돛에 불이 붙었다. 돌격선에도 화전이 발사되었다. 왜구들은 한 놈이라도 도망가기 위해 긴 노로 돌격선 바닥을 밀어내고 있었다. 그때 대장선이 불타자 왜구대장이 급히 돌격선으로 옮겨 탔다. 왜구 서너 명이 노를 저었고 두 놈이 긴 대나무로 삿대질을 했다. 이신방이 불타고 있는 돌격선을 가로질러 왜구 대장이 탄 돌격선으로 뛰어들었다. 이신방 혼자였다. 이신방이 가쁜 숨을 몰아쉬었다.

왜구 대장이 장도를 빼어들고 이신방을 후려쳤다. 이신방의 장도가 손에서 튕겨나갔다. 이신방이 돌격선 바닥에 나뒹굴었다. 왜구 대장의 칼을 간신히 피하고 일어섰지만 아무런

무기가 없었다. 왜구 대장이 칼로 이신방의 심장을 찔러왔다. 겨우 몸을 비틀어 피했지만 장도가 어깨에 박혔다. '악' 하는 비명이 이신방의 입에서 터져 나왔다. 피가 왈칵 쏟아졌다. 다리에 힘이 빠져 무릎을 꿇었다. 왜구의 칼이 다시 치켜들어졌다. 이신방이 그런 칼을 빤히 쳐다보았다. 일어설 힘이 없었다. 칼을 들 힘도 없었다. '이렇게 죽는구나.' 하는 생각이 들었다. 분했다. 아직은 죽을 때가 아니라고 생각했다. 할아버지가 왜구의 칼을 맞던 그 순간이 그려졌다. 이신방이 눈을 감았다.

"독종, 정신차려라!"
마웅의 소리가 들렸다. 어느새 마웅이 왜구 대장의 몸통을 창으로 꿰뚫었다. 진염도 돌격선에 뛰어들어 곤을 휘두르고 있었다. 진염의 곤에 왜구들의 머리통이 박살났다. 이신방이 가까스로 몸을 추스르고 일어났다. 다리가 후들거렸다. 다시 왜구의 장도를 집어 들었다. 어깨의 통증이 심해 칼을 놓쳤다. 바닥에 털썩 주저앉았다. 전장을 둘러보았다. 하늘이 노랗게 보였다.
그제야 바다와 배와 산이 보였다. 달아나는 돌격선은 없었다. 물에 빠져 허우적대는 왜구를 장창병이 사냥하고 있었다. 산으로 도망가는 왜구를 날랜 걸음으로 쫓아가는 것이 보였다. 금방 따라잡힐 것이었다. 살아남은 왜구는 없어보였다. 왜구들의 피가 포구를 물들였다. 이신방은 비틀거리면서도 왜구 대장선으로 비척비척 걸어갔다. 대장선은 반 정도가 이미 화염에 휩싸였다. 한 놈이라도 살아있는 놈이 있으면 죽이리라 결심했다.

3장

왜구 소녀

가늘고 애절한 소리가 들렸다. 대장선 안에서 소리가 들렸다.

'살려줘. 신방아!'

할아버지의 목소리가 분명했다.

'할아버지!'

생각할 틈도 없이 몸이 먼저 움직였다.

그날, 할아버지가 왜구의 칼에 맞아 죽어갈 때 석포항 객잔 문틈으로 이신방은 분명히 할아버지 목소리를 들었다.

'살려줘. 신방아!'

그날, 할아버지는 분명히 이신방에게 말했다. 그러나 이신방은 애써 외면했다. 그 소리를 못들은 척하고 싶었다. 이신방은 귀를 틀어막았다. 어쩌면 할아버지는 '도망가라. 신방아!'라고 말했는지도 모른다. 어쩌면 할아버지는 '나오면 안돼. 신방아!'라고 말했는지도 모른다. 그러나 이신방은 분명히 그렇게 들었다.

'살려줘. 신방아!'

할아버지가 다시 부르는 소리가 들렸다. 이신방이 번개처럼 대장선으로 뛰어 들어갔다. 이미 갑판은 불길에 휩싸였고 온통 연기가 자욱해서 배 내부가 보이지 않았다.

"할아버지!"

이신방이 크게 외쳤다.

'살려줘. 신방아!'

다시 환청처럼 소리가 들렸다. 배 밑창에서 소리가 들려왔다. 격실로 들어갔다. 어두워서 아무것도 보이지 않았다. 연기가 가득했고 한쪽 벽은 벌써 불이 붙기 시작했으며 바닷물이 차기 시작했다.

"할아버지 어디 계세요?"

이신방이 다시 크게 불렀다. 순간 불에 붙은 선체 한 부분이 천장에서 떨어졌다.

"살려주세요!"

다섯 걸음 정도 앞 격실 구석에 걸린 휘장이 불에 타고 있었다. 그 옆에 머리를 산발하고 흰 분칠한 얼굴에 쥐 잡아먹은 것처럼 빨간 입술이 갑자기 훅 나타났다 사라졌다. 순간 이신방이 겁을 먹고 뒷걸음질 쳤다. 다시 휘장에 붙은 불이 타올랐고 주위가 밝아졌다. 여자였다. 분명히 여자였다. 파리한 얼굴에 큰 눈동자가 불빛에 번들거렸다. 고양이 닮은 눈빛을 보이며 두 팔을 번쩍 들어 공격하려 했다. '카악!' 고양이가 경계하는 소리가 들렸다.

"살려주세요!"

살려달라는 말로 들렸다. 희미하게 어릴 때 엄마에게서 맡았던 분내가 맡아지는 것 같았다. 다시 보니 명국 여자는 아니었다. 왜국 옷을 입은 여자로 보였다. 고양이의 눈빛이 다시 보니 애처로웠다. 살려달라는 눈빛이었다. 이신방의 마음이 크게 움직였다. 할아버지는 아니지만 살려야겠다는 생각이 울컥 올라왔다.

'이번에는 살려야겠다. 비겁하게 도망치지 않겠다.'

여자에게 다가가서 손을 내밀었다. 여자가 주저주저하더니 한손으로 이신방이 내민 손을 잡고, 한손으로는 한쪽 다리를 들췄다. 하얀 다리가 드러났다. 다리에 피가 흘렀다. 한쪽 다리에 쇠고랑이 채워져 벽에 매달려 있었다. 여자의 손이 심하게 떨렸다. 이신방이 여자의 발에 매달린 쇠고랑을 잡아당겼다. 힘껏 당겨보았지만 어림없었다. 여자가 도망가지 못하게 단단히 묶어놓은 모양이었다. 뭔가 쇠고랑을 부술

망치가 필요했다. 이신방이 격실을 둘러보러 등을 돌리자 여자가 갑자기 이신방의 허리를 껴안았다.

"살려주세요."

여자가 이신방을 꽉 붙잡았다. 떨고 있는 여자의 흐느낌이 그대로 이신방에게 전해졌다. 이신방이 돌아서서 여자의 손을 잡았다. 꼭 잡았다. 이신방이 여자의 눈을 빤히 쳐다보았다. 여자도 이신방을 빤히 쳐다보았다. 여자의 하얀 얼굴을 가로질러 검은 눈물이 두 줄 길게 흘렀다. 여자의 얼굴을 쓰다듬고 이신방이 안심하라는 손짓으로 손가락으로 가슴을 두 번 가리키고 돌아섰다. 그리고 격실을 돌아보았다. 창 같은 것을 찾았다. 칼이라도 있으면 망치로 쓰려고 둘러보았다.

그때 배가 크게 한번 휘청거렸다. 배가 갑자기 기울었다. 이신방이 넘어져서 격실 벽에 부딪쳤다. 물이 들어오기 시작했다. 손에 쇠막대기가 하나 잡혔다. 잽싸게 여자에게 돌아와 여자의 발을 묶고 있는 격실 벽의 쇠고랑을 치기 시작했다. 쇠막대가 금속성을 내며 퉁- 튕겨져 나왔다. 반응이 없었다. 계속 쇠고랑을 쳤다. 이때 불붙은 통나무가 하나 떨어져 웅크리고 있는 이신방을 덮쳤다. 여자가 팔을 벌려 이신방을 감싸 안았다. 통나무가 여자를 쳤다. 통나무가 물에 젖어 꺼졌다. 여자의 머리에서 피가 흘렀다.

이신방이 여자를 덮친 통나무를 걷어냈다. 겨우 통나무를 걷어 냈지만 그 사이에 벌써 바닷물이 허리까지 차올랐다. 격실은 불이 꺼져 아무것도 보이지 않았다. 깜깜한 적막뿐이었다. 아무 소리도 들리지 않았다. 이신방은 다시 힘껏 쇠고랑을 쳤다. 쇠고랑이 물속으로 사라졌다. 이신방이 그래도 계속 쇠고랑을 쳤다. 다시 여자를 묶은 쇠사슬을 당겨 보았다. 움직이지 않았다. 순간 여자와 이신방의 눈이 마주쳤다. 어둠속에서 서로의 눈이 마주쳤다.

'고마워요.'

여자가 분명히 그렇게 말하는 것 같았다. 여자가 이신방을 손으로 밀어냈다. 가라는 표시였다. 이신방은 생각했다.

'나는 살고 이 여자는 또 죽는 건가?'

이제 물이 가슴까지 차올랐다. 다시 한 번 물속에 들어가서 이신방이 쇠사슬을 힘껏 당겼다. 쇠고랑은 움직이지 않았다. 물이 코로 들어왔다. 신물이 나오고 숨이 막혔다. 물 밖으로 나오자 물은 이미 목까지 차올랐고 여자의 얼굴이 코앞에 있었다. 여자가 슬픈 미소를 지었다. 여자의 눈빛이 차분해졌다. 이제는 고양이 눈이 아니었다. 따뜻했다. 이신방이 여자를 꼭 안았다. 포근했다. 가슴의 봉긋한 촉감이 느껴졌다. 엄마에게 안기는 것 같았다. 이신방은 갑자기 서러운 생각이 들었다. 여자가 이신방을 꽉 껴안았다. 여자가 이신방의 어깨에 얼굴을 묻었다. 여자의 숨결이 귓불에 닿았다.

'그래 이번에는 도망가지 않겠다. 같이 살지 못한다면 같이 죽자.'

이신방은 그렇게 생각했다. 알 수 없는 눈물이 흘렀다. 그래도 마음은 차분해졌다.

'죽자 하면 못하는 것이 없는 것이다.'

물이 코로 들어왔다. 더 이상 숨을 참을 수 없었다. 더 힘껏 여자를 안았다. 물빛이 환하게 보였다. 여자의 떨림이 그대로 이신방의 허리로 전달됐다.

'절대 놓치지 않을 거야'

*

할아버지가 이신방을 불렀다.

'신방아!'

이신방이 할아버지에게 달려가려 했지만 발이 땅에 붙어 떨어지지 않았다. 발버둥을 쳤지만 한 발짝도 걸을 수 없었다. 할아버지가 왜구의 칼을 맞고 피를 토했다. 할아버지의 목이 땅에 나뒹굴었다. 이신방의 눈에 불꽃이 튀었다.

'신방아!'

'이놈들!'

이신방이 칼을 들어 왜구를 치려했지만 칼이 땅바닥에 붙어 들어지지 않았다. 칼 하나를 들어 올리지 못했다.

"할아버지!"

이신방이 크게 외치며 깨어났다. 꿈이었다. 막사 천장이 보였다. 검은 연기에 그을린 들보가 보이고 뒤집어 놓은 복福자가 보였다. 수壽자도 보였다.

'살았구나!'

그러자 여자 생각이 번뜩 들었다.

'아, 그건 꿈이 아니었지.'

몸을 일으켰다. 온몸에서 고통이 몰려왔다. 땀이 흥건했고 갑자기 한기가 몰려왔다. 문이 열리고 진염이 들어왔다. 환한 얼굴이다. 뒤 따라 마웅 대장의 얼굴도 보였다.

"독종, 깨어났구나."

마웅이 이신방의 어깨를 쳤다. '악' 소리가 이신방의 입에서 절로 나왔다. 이신방이 뭔가 말을 하려고 하자 진염이 황급히 막았다. 이신방을 다시 눕히고 진염이 이야기하는 동안 마웅은 흐뭇한 표정으로 이신방을 지켜보았다.

척계광 장군은 태주에서 왜구 이만에 맞서 크게 이겼다. 실로 기적적인 대승이었다. 살아 돌아간 왜구는 백여 명에 불과했다. 척 장군은 태주에 진주했다. 도저성도 마웅 대장이 잘 지켰다. 왜구 이백은 전멸했고 도저성의 사상자는 불과 열두 명이었다. 왜구의 배도 전부 불태웠고 왜구의 조총 다섯 자루와 왜구의 칼 백여 자루를 포획했다.

"소녀는 무사하다. 약방에서 치료를 받고 있다."

진염이 싱글거리며 이야기했다. 이신방이 궁금해 하리라는 것을 아는 듯했다. 이신방의 표정이 밝아졌다.

"살았어? 다행이네."

이신방이 눈을 감았다. 할아버지 대신 소녀를 살린 것이다. 왜구 대장선으로 이신방이 뛰어 들어가는 것을 본 조원들이 몰려들었고 배가 불길에 휩싸여 어찌할 바를 모르고 우왕좌왕하다가 마웅 대장과 진염 그리고 조원들이 가라앉는 배를 장창으로 부수었고 물속에서 숨이 멎은 이신방과 소녀를 건져냈다. 강제로 숨을 불어 넣으니 다행히 둘 다 숨은 돌아왔으나 피를 많이 흘려 정신이 돌아오지 못하고 급히 약방으로 옮겨 치료했다. 소녀는 하루 만에 금방 의식을 회복했지만 다리를 크게 다쳐 움직이지 못했다. 이신방은 어깨와 등에 칼을 맞아 피를 많이 흘려서 마웅 대장의 애간장을 태웠다.

"독종, 사흘 만에 깨어난 것이다. 이런 독종!"

마웅이 푸-하하 크게 웃었다. 이제 됐다며 안심하는 표정이었다. 이신방은 죄송하다는 표정을 지었다.

"이놈아, 어디서 그런 독기가 나왔더냐? 네 놈이 혼자 죽인 왜구만 열다섯 명이다. 이제 네 조부의 원한은 갚은 것이냐?"

다시 마웅이 푸-하하 크게 웃었다.

"왜구 소녀가 예쁘다. 이신방 네 신붓감으로 그만이다."

진염이 부러운 듯이 이신방에게 말했다.

"나는 언제나 장가가보냐? 소녀가 너를 애타게 찾는다는구나."

진염이 연신 싱글거렸다. 이신방은 소녀의 얼굴이 떠올라 가슴이 쿵쾅거렸다.

그때 문이 열리고 소녀가 작대기를 짚고 왼쪽 발을 쩔뚝거리면서 들어왔다. 아마도 이신방이 깨어났다고 약방으로 기별이 간 모양이었다. 소녀는 명국 옷 한푸漢服를 입었다. 왜국 여자 같지 않았다. 머리는 길게 묶었고 키가 커서 거의 이신방 정도였다. 혈색이 돌아 고운 얼굴이었다. 눈썹이 가늘고 입술은 아담했다. 배에서 보던 얼굴은 어디에도 없었다. 이신방의 앞에 와서 큰절을 했다. 두 손을 곱게 이마에 대고 머리가 마루에 닿게 크게 절했다. "어어?" 하면서 이신방도 일어나 앉았다.

"고맙습니다."

소녀가 왜국어로 고맙다고 하는 것 같았다. 이신방도 어정쩡하게 절했다. 소녀가 밝게 웃었다. 가지런한 이가 석류 알 같았다. 방안이 훤해지는 것 같았다. 왜국여인은 연신 이신방에게 무어라고 이야기했지만 이신방은 여인의 말을 하나도 알아듣지 못했다. 이신방은 마냥 기분이 좋아졌다. 왜국여인이 다시 절하고 약방으로 돌아갔다.

*

척계광이 보름 만에 도저성으로 돌아왔다. 이신방도 이제 겨우 움직임이 수월해졌다. 이신방을 관사로 불렀다. 이신방이 관사로 급히 달려가 문을 열고 들어가니 마웅이 먼저 와서 앉아있었다. 척계광이 마웅에게 물었다.

"왜구 포로란 말이냐?"

마웅이 대답했다.

"네, 왜구 대장선에 잡혀있던 왜국 여자입니다. 물에 빠진 것을 살려냈습니다. 아마도 왜구 대장의 첩실인 듯합니다."

마웅이 그 간의 사정을 설명했다. 이신방의 이야기도 빠트리지 않았다. 척계광의 안색이 굳어졌다. 왜구는 남녀를 불문하고 참수하여 소금에 절여 북경으로 보내야 했다. 그것은 척계광 자신이 만든 군율이기도 했다. 여자가 포로로 잡혀 온 것도 처음이었다. 척계광은 절대로 전쟁 중이라도 여인 을 강간하거나 성노리개로 삼는 것을 결단코 허락하지 않았 다. 그러니 여자 포로라 하여 전리품으로 삼을 수도 없었다. 명국 여인이 왜구에게 잡혔다가 구출되기는 했다. 그런데 이 번은 왜구 포로였다. 난감한 노릇이었다. 척계광이 이신방을 보며 물었다.

"이신방, 네가 왜구 포로를 구했느냐?"

이신방이 대답했다.

"장군, 저는 제 조부 대신 여인을 구한 것입니다. 제 조부 라고 생각하시고 왜구 여인을 살려주십시오."

이신방이 무릎을 꿇었다. 난감한 일이다. 척가병은 군율이 엄하기로 유명하다. 한 치의 예외도 없이 시행했다. 그래서 오늘의 척가병이 가능했던 것이다. 척계광도 이 여인은 살리 고 싶었다. 그러나 뾰족한 수가 없었다.

그때 유가장의 유현이 관사에 들어왔다. 왜구 포로를 도저 성 안의 유씨 집에 보내 노비로 삼고 있었던 것이다. 유현의 표정이 밝았다.

"척 장군, 드릴 말씀이 있습니다."

유현이 싱글거렸다.

"왜구 포로는 왜인이 아니고 조선인입니다."

순간 척계광의 얼굴이 밝아졌다. 이신방과 마웅의 표정도 밝아졌다.

"뭐라 왜인이 아니고 조선인이라고?"

유현이 설명했다.

유현이 궁금하여 손짓으로 글을 쓸 줄 아느냐고 물으니 고개를 좌우로 흔들었다. 여인에게 필담으로 이름을 물으니 다행히 이름은 쓸 줄 알았다. 자신의 성을 한자로 쓰는데 최崔라 하였다 하여 본관이 어디냐고 물으니 탐진耽津이라 하였다. 유현이 곰곰이 생각해보니 칠십여 년 전에 태풍에 휩쓸려 도저성에 표류하였다가 유가장에서 환대를 받고 돌아간 이의 이름이 최崔씨 성을 가진 최부崔溥인데 그는 조선의 양반이었고 본관이 탐진耽津이라고 했다. 최부는 대단한 문장가이며 경서에 밝아서 오히려 유현의 조부가 크게 감화를 받았고 아직도 최부가 남기고간 시화가 집안에 가보로 남아 있다고 말했다. 하여 여인에게 서화집을 보여주었다. 왜국 여자 옷을 보여주며 맞느냐고 물어보니 아니라고 고개를 흔들었고 조선 여자가 입는 흰옷을 보여주니 눈물을 흘리며 고개를 끄덕였다고 하였다.

척계광의 얼굴이 훤해졌다.

"잘 되었다. 필시 어떤 사연으로 왜구들에게 잡혀 고초를 당했을 것이다. 조선은 신하의 예를 다하는 형제국이 아닌가? 유가장에서 잘 보살펴주시오."

유현이 대답했다.

"마땅히 잘 보살피겠습니다."

유현이 밝은 표정으로 돌아갔다. 척계광이 이신방에게 미소를 지으며 물었다.

"그래. 이신방, 너는 어떻게 하고 싶으냐?"

이신방의 얼굴이 벌게지며 아무 말도 하지 못했다. 척계광이 우선은 유가장에서 조선 여인을 머무르게 하라고 지시하고 어떻게 할 것인지는 나중에 결정하자고 했다. 여건이 되면 조선 여인을 조선으로 돌려보내는 것이 맞겠다고 혼잣말을 하자 그 말을 들은 이신방의 표정이 어두워졌다.

4장 /

진이

소녀는 갈수록 살집이 올라 얼굴이 탐스러워졌다. 그 얼굴을 생각만 하여도 신방의 가슴이 답답해지기 시작했다. 밥을 먹어도, 봉화대에 보초를 서러 나가도, 훈련을 할 때도, 글을 읽을 때도 온통 생각이 났다. 일과를 마치고 병영에 누워 있으면 얼굴이 천장에서 빙글빙글 돌기 시작했다. 하루라도 그 얼굴을 보지 못하면 죽을 것 같았다. 서화집에서 양귀비를 본 적이 있었는데 단언컨대 양귀비보다 예쁘고 고운 얼굴이었다. 미소를 지을 때 얼굴에 살짝 파지는 볼우물은 정신을 막막하게 만들었다. 그 여인에게서는 향기가 났다. 봄철에 처음 아지랑이와 같이 피어오르는 땅 냄새 같기도 했고 잘 익은 술 냄새 같기도 했고 어렴풋이 기억이 나는 엄마의 젖

냄새 같기도 했다. 아무튼 그 냄새를 스쳐 지나가면 멍해지는 그런 향기가 났다. 미칠 것 같았다. 소녀가 이신방에게 살짝 미소 지을 때면 숨이 턱 막혔다. 소녀의 옷깃이 신방에게 스칠 때면 괜히 아랫도리가 뻐근해져서 황급히 자리를 피하기도 했다. 소녀는 마을 또래 처녀들과 같이 경중거리며 뛰어다녔다. 마치 철부지 애들 같았다.

성안 사람들이 이 이방인 조선 소녀를 좋아했다. 소녀는 인사성이 밝아서 노인들을 보면 고개를 깊숙이 숙여 인사했다. 소녀는 연신 방긋방긋 웃었다. 노인들이 조선 소녀를 불러 하릴없이 손을 한번 잡아 보았다. 소녀는 한참동안 노인의 손을 맞잡고 빤히 쳐다보았다. 소녀는 그러다 눈물짓곤 했다. 노인들은 소녀가 바다 건너 조선 땅에서 소녀를 기다리고 있을 부모가 그리워서 그럴 것이라 생각하여 측은하게 생각했다. 그런 소녀의 등을 토닥거렸다.

소녀는 손이 야무졌다. 동문 앞 빨래터에 나와 아낙들과 수더분하게 곧장 빨래를 했다. 바느질 실력은 또래 중에서 최고였다. 어떤 때는 부엌에 들어가 조선 음식을 해서 유가장 사람들을 기쁘게 했다. 특히 유현은 걸핏하면 최부의 이야기를 꺼내 역시 소녀는 조선 선비 집안의 귀한 딸이라며 자랑을 했다. 소녀는 불과 몇 달 만에 도저의 꽃이 되어 있었다.

"진"

소녀가 땅바닥에 글씨를 썼다. 신방은 소녀와 같이 봉화대에 올랐다. 진염이랑 조원들이 휘파람을 불며 놀렸다. 야유와 질시의 말을 뒤로하고 유가장에 들러 소녀와 나란히 봉화대로 올랐다. 봉화대에서 불어오는 바람이 싱그러웠다. 서문에서부터는 성벽에 올라 나란히 걸어 올라갔다. 성벽을 타고 넘어오는 바람이 살랑거렸다. 봉화대를 앞두고 이제 심은지 오십 년 된 녹나무가 우뚝 서 있는 공터에 자리를 잡고 앉았다. 도저성 안이 내려다 보였다. 동문 안쪽의 관제묘에는 붉은 깃발이 걸려 있었고 그 뒤로는 척 장군의 관사가 보였다. 봉화대 바로 밑에는 천후궁 지붕이 내려다 보였다. 멀리 서문 쪽 유가장에서는 연기가 아지랑이처럼 피어올랐다.

소녀가 유가장에서 가져온 방석을 두 개 바닥에 깔았다. 소녀의 키는 신방보다 살짝 작았다. 소녀가 신방을 올려다보며 웃었다. 신방은 그 미소에 빠져 죽고 싶었다. 신방은 그 미소를 외면하고 제 가슴을 두드리고 나서 바닥에 나뭇가지로 이름을 썼다. 신방은 조선의 말을 한마디도 하지 못했고 소녀는 명나라 말을 한마디도 하지 못했다. 소녀는 한자를 겨우 몇 자만 쓸 줄 알았다. 두 사람은 수화로 이야기를 나눌

수밖에 없었다. 신방은 답답해서 미칠 지경이었다.

　신방은 바닥에 '李新芳'이라고 썼다. 그러자 소녀가 바닥에 나란히 '眞'이라고 썼다.

"쩐"

이라고 읽자 소녀가 고개를 절레절레 흔들었다.

"진"

이라고 말했다. 조선말로 이름을 이야기하는 것 같았다.

"쩐"

이라고 다시 말하자 소녀가 하하 호호 호들갑스럽게 웃었다. 고개를 절레절레 흔들며 그것도 따라하지 못하느냐는 듯이 다시 천천히 말했다.

"진"

어서 따라 해보라는 표정이었다. 신방은 따라 하기 어려웠지만 억양을 약하게 해서 따라했다.

"진"

소녀가 손뼉을 치며 좋아했다.

"하오-하오-"

어디서 배웠는지 크게 말했다. 신방도 덩달아 "하오-하오" 하며 크게 웃었다.

"진" "진" "진"

부를 때마다 진이 고개를 끄덕, 끄덕, 끄덕거렸다. 소녀의 이름은 진이었다. 소녀는 신방을 '신'이라고 불렀다.

"신"

진이 신방을 가리키며 말하자 신방이 진을 가리키며 말했다.

"진"

둘은 깔깔거리며 웃었다. 그것이 우스운 말이 아닌데도 걸핏하면 깔깔거리며 같이 웃었다. 봉화대에 보초 나온 병사가 '어이'하고 휘파람을 불며 훼방을 놓았다. 소녀는 성격이 밝아서 그러거나 말거나 희희낙락거리며 도저성을 헤집고 다녔다. 척 장군이 예의를 다해 진이를 보살피라 명했고 더욱이 유현은 최부의 자식인 양 진이를 극진히 대우했다. 도저성이 진이의 향기로 밝아졌다.

신방이 내려가는 길에 진을 천후궁으로 이끌었다. 천후궁 마당에서 신방이 목탄으로 그림을 그리기 시작했다. 한 장씩 그릴 때마다 진은 알아먹었다는 듯이 고개를 까닥거렸다.

"먼 바다로 배를 타고 나간 오빠를 구한 여신 마조가 모셔진 곳이야."

여러 장의 그림으로 진에게 설명했다. 진의 표정이 진지하게 변했다. 진이 여신 마조 앞에 가서 절을 세 번했다. 신방이 진을 위해 향을 피워주었다. 진의 얼굴이 어두워졌다가 다시 밝아졌다. 신방을 바라보며 환히 웃었다. 그 표정이 여신 마조와 비슷했다. 신방은 그 얼굴 속으로 뛰어들고 싶었다.

*

도저는 온통 노란 감귤이었다. 도처에 감귤을 쌓아놓았다. 감귤은 쌀보다 흔했다. 이제 감귤은 끝물이었다. 껍질이 얇아지고 거뭇한 반점이 늘어났다. 도저의 귤은 작았다. 그러나 단맛이 강했다. 진이는 귤을 먹으면 예뻐진다는 말을 듣고 온종일 귤을 입에 달고 살았다. 조선에는 귤이 없다고 손짓발짓으로 말했다. 진이의 얼굴이 귤처럼 금빛으로 빛났다. 봄이 다가오고 있었다.

머리 위로 석주봉이 촛대처럼 솟았다. 용감한 병사는 가끔씩 석주봉 암벽을 타고 석주봉 꼭대기에 오르곤 했다. 마웅 대장도 가끔 석주봉에 올랐다. 이신방도 딱 한번 마웅 대장을 따라 석주봉 꼭대기에 올랐다. 깎아지른 절벽을 오르는 길이었다. 멀리 저초진 너머로 바다가 보였다. 그 바다에서 진이를 만났었다. 그곳에서 천리도 더 가면 조선이라는 나라가 있다고 유가장 노인이 말했다.

석주봉에 먼저 봄이 왔다. 석주봉 암벽 사이사이에 자리 잡은 풀들이 몸 색깔을 바꾸면서 봄이 왔음을 알렸다. 동백꽃은 이제 자기 자리를 복숭아꽃에게 넘겨주고 있었다. 동백꽃이 허망하게 떨어지기 시작했다. 석주봉 올라가는 초입에는 앵두나무가 하얀 꽃잎을 달고 있었다. 석주봉 입구가 온통 앵두꽃으로 가득했다. 그러나 복숭아꽃에 밀려 앵두꽃은 숨을 죽여야 했다.

도저는 온통 복숭아꽃으로 물들었다. 그 향기가 천지에 진동했다. 복숭아꽃 향은 은은했지만 바람에 실려 도저성을 농밀하게 헤집고 다녔다. 분홍색이 짙어져 밤에 보는 복숭아꽃은 붉은 색으로 빛났다. 진이는 조선에서 살 때 보았던 복숭아꽃을 기억해 냈고 도저 십삼저에 피어난 복숭아꽃을 홀린 듯이 바라보았다.

신방은 어부에게 사정했다. 한 냥을 건넨 다음에야 오봉선을 하루 빌릴 수 있었다. 다음에도 사연은 많았다. 마웅 대장에게 하루 휴가를 받아야 했고 척 장군에게 불려가 놀림을 받아야 했다. 그러나 마침내 하루 나들이를 가게 되었다. 조원들은 일을 내라고 성화를 부렸다. 모두들 신방을 부러워했다.

나루터에 묶여 있는 오봉선에 신방이 먼저 올라 닻줄을 풀었다. 진이가 유가장에서 챙겨준 점심 소쿠리를 들고 냉큼 배에 올랐다. 머리를 길게 땋아서 끝에는 붉은 천으로 댕기를 묶었다. 조선의 처녀들은 댕기를 하고 다닌다고 진이는 신방에게 땅바닥에 그림을 그려 보여주며 웃었다. 시화집에 그려진 조선 여자는 시집간 아낙으로 여자가 결혼을 하면 머리를 묶어 올려 비녀를 꽂는다고 설명하기도 했다. 댕기 묶은 머리를 돌돌 감아 올려 젓가락으로 비녀 꽂는 흉내를 보여주기도 했다. 신방은 장대로 오봉선을 슬슬 밀었다. 도저 십삼저는 수심이 얕아서 굳이 노를 저을 필요가 없었다.

신방은 배의 고물에 서서 삿대질을 했고 진이는 오봉선 차양 밑에 앉아 복숭아꽃을 반겼다. 복숭아꽃이 바람에 흩날렸다. 봄바람이 한 번씩 불어오면 복숭아꽃이 펄펄 하늘을 덮었다. 진이는 물에 떨어진 꽃잎을 연신 손으로 집어 들었다. 한 손 가득 복숭아꽃이 올려졌다. 그윽한 복숭아 향이 번져 물위에 그득했다.

복숭아 향인지 진이의 향기인지 알 수 없었다. 신방은 손을 뻗어 진이를 만지고 싶었다. 그러나 용기를 내지 못했다. 진이는 섬을 하나씩 돌 때마다 숫자를 세기 시작했다. 세 번째 섬을 돌고 나서 신방이 배를 세웠다. 오봉선은 물살에 따라 그냥 흔들거렸다. 진이의 얼굴을 유심히 보니 오늘은 살짝 얼굴에 무언가를 찍어 바른 듯했다. 볼이 복숭아꽃처럼 발그레했다.

"예쁘다."

신방이 유가장 노인에게 배운 서툰 조선말로 말했다. 말을 해놓고 신방은 급히 딴청을 부렸다. 진이가 놀란 표정을 지었다. 입이 하마보다 크게 벌어졌다.

"세세."

진이가 명국말로 말했다. 동네 처녀들에게 배운 명국말인 듯했다. 둘이 한참을 마주보며 깔깔거렸다.

"예쁘다."

"세세."

"예쁘다."

"세세."

둘은 한참을 바라보며 웃었다. 신방이 자신을 가리키며 두 손을 한번 접고 나서 왼손은 손가락을 전부 펴고 오른손은 손가락을 세 개만 폈다. 그러자 진이도 빙그레 웃으면서 신방과 똑같이 따라했다. 진이와 신방 둘 다 열여덟 살이 된 것이다. 신방은 바닥에 한자로 '十八'이라고 썼다. 그러면서 속으로 장가갈 나이가 되었다는 생각을 했다.

진이는 어떤 생각을 할까 궁금했다. 진이는 신방이 쓴 한자를 그대로 베껴 썼다. 여섯 섬을 돌고 나서 둘은 점심을 먹었다. 연잎에 쌓인 밥과 식초에 절인 매실, 소금에 절인 숭어알이었다. 진이는 숭어알을 조금 떼어 내어 입안에 넣고 오물거렸다. '어쩜 저렇게 먹는 모습도 예쁠까?' 신방은 속으로 생각했다.

신방은 종이를 꺼내서 목탄으로 진이를 그리기 시작했다. 진이는 석주봉이 보이게 앉아서 은근슬쩍 자세를 잡았다. 먼저 진이의 얼굴을 그리기 시작했다. 짙은 머릿결, 반듯한 이마, 곱게 자리 잡은 눈썹, 적당한 눈, 그리고 수정보다 깊은 눈동자, 다소 고집스러운 듯한 코, 오물거리는 입술, 둥실한 볼, 그리고 턱 아래 백옥같이 하얀 목 선.

거기까지 그렸을 때 진이는 그림을 보여 달라고 떼를 쓰기 시작했다. 실랑이를 하다가 마지못해 그림을 보여주니 만족스러운 듯 미소를 지었고 다시 자세를 잡았다. 진이의 뒤에는 복숭아나무 하나를 그렸다. 복숭아꽃이 떨어져 물빛 반 복숭아꽃 반인 물도 그렸고 멀리 석주봉도 그렸다. 진이는 크게 그리고 나무와 석주봉은 작게 그렸다. 사실은 진이만 그리고 싶었다. 신방에게는 진이 외에는 아무것도 눈에 들어오지 않았다. 한 식경이나 걸렸지만 진이는 다소곳하게 앉아 있었다.

신방이 진이의 그림을 다 그렸다. 이걸 어떡해야 하나 망설이고 있는데 진이가 냉큼 종이를 낚아채 갔다. 진이가 한참동안 그림을 멍하게 바라보았다.

"예쁘다."

진이가 조선말로 말했다.

순간 밝았던 진이의 얼굴이 어두워지더니 진이의 눈에 물방울이 비쳤다. 그러자 신방의 가슴이 답답해졌다. 진이가 신방을 안아왔다. 신방을 안고 허리에 손을 둘렀다. 품안에서 참새가 훌쩍거렸다. 신방이 진이의 등을 껴안았다. 진이의 머리에서 동백기름 냄새가 났다. 달큼한 냄새가 진이의 얼굴에서 올라왔다.

"세세."

"세세."

진이가 중얼거렸다. 신방은 좋다는 생각을 했다. 둘은 한참을 그렇게 안고 있었다. 그 다음에는 어떻게 성으로 돌아왔는지 신방은 기억이 없었다. 진이는 언제 그랬냐는 듯 다시 활달해져서 뭐라 뭐라 참새처럼 종알거렸지만 신방은 아무 생각이 없었다. 진이를 안은 감촉만 남아 공중에 붕붕 뜬 것 같았다. 둘은 배를 묶고 또 천천히 걸어서 성으로 돌아왔다.

진이는 가끔씩 악몽을 꾸다가 깨어나곤 했다. 그럴 때마다 얼굴이 수척해졌다. 몸을 앙당그리면서 자신을 감싸 안았다. 한사코 신방이 곁에 다가오는 것을 막았다. 마치 모든 것을 부정한다는 표정이었다. 신방은 그런 진이를 안아주고 싶었다. 척 장군이 진이를 영파로 옮긴다는 이야기를 들었을 때

진이는 또 그런 표정을 지었다. 영파에는 조선배가 가끔 들어온다는 이야기를 들었다. 진이에게 그 이야기를 그림으로 그려 들려주었을 때 처음에는 기쁨으로 빛나던 눈빛이 어느새 슬픈 눈빛으로 바뀌었다.

"링보-."

진이의 목소리가 떨렸다.

5장

남원 상선

척 장군은 여름에 진을 영파로 옮겼다. 마웅이 도저성을 지키는 성주가 되었고 이신방은 성에 남았다. 조선 여인은 여전히 도저성 유가장에 머물렀다. 그러나 미처 준비하지도 못했는데 이별이 갑자기 다가왔다. 영파에서 파발마가 달려왔고 척 장군의 기별이 전달되었다. 이신방은 불안한 눈빛으로 호흡을 고르고 있는 파발마를 바라보았다. 관사에서 마웅 대장이 이신방을 불렀다. 관사의 계단을 올라 들어가 보니 탁자 위에 척 장군의 군령이 도달해 있었다.

"영파에 어제 조선 상선이 들어왔다. 조선 여인을 조선으로 송환하는 것이 마땅하다. 유가장에 통보하고 마웅이 조선

여인을 호송하여 영파의 고려관으로 오라. 추신, 이신방을
대동하여도 좋다."

척 장군의 글자 한 자 한 자가 이신방의 가슴에 박혔다.
'이신방을 대동하여도 좋다.' 오직 그 대목만이 이신방에게
위안이 되었다. 당장 이별은 아닌 것이다. 그 후 이신방은 어
떻게 시간이 지나갔는지 무슨 일이 벌어졌는지도 흐릿해졌
다. 잘 기억하지 못했다. 아니 어쩌면 기억에서 애써 도려내
고 싶었는지 모른다. '이신방을 대동하여도 좋다.' 척 장군의
배려가 오히려 이신방에게 아픔이 되었다. 만일 그런 배려가
없었다면 아마도 이신방은 탈영했을 것이다.

유가장 주인 유현이 조선 여인을 살포시 안았다. 친딸이
시집간다 하여도 저렇게 서러울까? 유현 부인은 숫제 얼굴
을 묻고 울었다. 유가장의 노부인은 연신 조선 여인의 얼굴
을 쓰다듬었다. 노부인의 주름진 얼굴에 눈물이 그렁거렸다.
같이 도저성을 뛰어다녔던 동네 처녀들은 조선 여인을 보내
지 못해 손을 잡아 당겼다. 마웅 대장과 진염이 앞장서고 도
저성의 모든 병사들이 나와 조선 여인을 환송했다. 유가장을
포함하여 도저성의 촌부와 아낙들이 포구에 나왔다. 도저의
하늘은 우중충하게 내려앉았다.

'바람이라도 불어 배가 못 떴으면 좋겠다.'

이신방은 속으로 생각했다. 그러나 도저의 바다는 장판처럼 말끔했다. 조선 여인의 얼굴은 작년에 왜구의 배안에서 처음 보았을 때처럼 하얀색으로 창백했다. 핏기 없는 얼굴이었다. 조선 여인은 유가장에서 만들어준 보퉁이를 품에 안고 배에 올랐다. 차마 떨어지지 않는 발길로 배에 올랐다. 껑충한 키가 유난히 휘청거렸다. 끝내 조선 여인이 배 위에 올라 눈물을 보였다. 눈물이 물에 떨어졌다. 유현이 어서 가라고 손짓했다. 아낙들이 손을 흔들었다. 진염이 배를 장대로 밀었다. 조선 여인의 허리가 꺾여 뱃전을 잡았고 그래도 배는 멀어졌다. 조선 여인은 도저의 사람들이 흔드는 손이 보이지 않을 때까지 뱃전에 앉아 흐느꼈다.

도저에서 영파까지의 물길은 이틀 거리였다. 배가 저초진을 벗어나자 물색은 흰색으로 바뀌었다. 도저의 석주봉이 조그마해지기 시작했다. 처음에는 촛대만 했다가 젓가락만 해지고 이내 새끼손가락만 해졌다. 배는 해안선을 따라 북쪽으로 올라갔다. 배는 돌격선이었고 병사 두 명이 노를 저었다. 마웅도 진염도 노 젓는 병사도 이신방도 조선 여인도 아무도 말을 하지 않았다. 그냥 침묵만 흘렀다. 가끔 갈매기가 찾아와서 배에 앉았다. 겁도 없이 날개를 퍼덕이며 선창에 앉아 끼룩거렸다. 진염이 무심하게 창으로 갈매기를 쫓았다. 해안선을 하나 돌자 갑자기 시야가 트이면서 망망대해의 해안선이 나타났다.

'저 바다 너머에서 조선 상선이 왔구나.'

이신방은 생각했다.

'보내지 말아야지.'

'보내기 싫다.'

이신방은 천 번도 만 번도 더 마음 속으로 되새겼다. 이신방이 조선 여인을 바라보았다. 조선 여인도 망연히 그 바다를 바라보고 있었다. 가끔 시선이 마주치기도 했지만 누가 먼저랄 것도 없이 시선을 외면했다. 이신방은 그때마다 하늘을 올려다보았다. 하늘에 구름이 무심하게 흘렀다.

배가 상산으로 접어들자 물색이 다시 누런 황색으로 바뀌었다. 석포어항에 도착했을 때는 저녁 해가 넘어갔다. 멀리 석포 항구가 보이자 이신방은 할아버지 생각에 가슴이 아려왔다. 지금도 눈앞에서 절규하던 할아버지의 얼굴이 보였다. 그러나 최근 일 년은 까마득히 할아버지를 잊고 살았다. 그 자리에 이제는 조선 여인이 무심히 들어온 것이다. '내가 할아버지를 잊어버린 죄 값을 받는 것인가?'이신방은 생각했다. 할아버지는 가고 여인이 왔는데 이제 그 여인마저 이신방을 떠나가려고 했다.

석포에는 물경 백여 척이 넘는 크고 작은 어선들이 포구에 들어차 있었다. 어선에는 흘린 물고기를 노리는 갈매기들이 그득했다. 갈매기들이 어선 사이를 날아다녔다. 마웅은 배를 포구에 묶고 병사들을 데리고 석포성으로 올라갔다. 이신방은 조선 여인과 엉거주춤하게 성문에 서 있었다. 성문을 지키는 병사가 보퉁이를 들고 서 있는 조선 여인을 흥미로운 눈길로 바라보았다. 자기들끼리 무어라고 중얼거렸다. 잠시 후 마웅이 석포 병사와 같이 내려와서 조선 여인을 객잔으로 데려갔다.

이신방이 조선 여인의 보퉁이를 들고 뒤따라 객잔으로 들어갔다. 성안에 자리 잡은 심씨 객잔은 붉은 등을 내걸었고 객잔 안에서는 생선 튀기는 냄새가 진동했다. 이신방은 허기가 찾아왔다. 조선 여인은 밥맛이 없다고 바로 객잔의 방에 들어갔다. 이신방과 마웅 대장은 심씨 객잔에서 내주는 밥을 먹었다. 말없이 젓가락 소리만 들렸다. 마웅 대장이 차를 한 잔 마시고 일어났다. 엉거주춤 서 있는 이신방을 뒤로하고 마웅은 혼자 관사로 돌아갔다. 따라오지 마라하고 마웅이 손짓했다.

마웅이 이신방을 위한 방을 따로 잡아주지 않았다. 망설이던 이신방은 조선 여인이 묵은 방으로 들어갔다. 방안은 조용했다. 조선 여인은 불도 켜지 않고 침대 위에 누워 이불을 덮고 있었다. 이신방이 여인의 옆에 누웠다. 여인이 새우처럼 웅크리고 있었다. 이신방도 새우처럼 여인옆에 웅크렸다. 여인의 숨소리만이 이신방에게 전달되었다. 둘은 좀처럼 잠을 자지 못했다. 그렇게 밤이 지나갔다.

"가지 마."

이신방이 여인의 귀에 대고 웅얼거리듯 말했다. 여인의 숨소리가 잦아졌다.

"가지 마."

이신방이 다시 말했다. 여인이 천천히 돌아누웠다. 여인이 이신방의 품안으로 들어왔다. 얼굴을 이신방의 가슴에 묻었다. 여인의 어깨가 작아졌다. 여인이 이신방을 힘껏 안았다. 여인은 밤새 흐느꼈다. 이신방은 한숨도 자지 못했다.

배가 영파에 다가갈수록 물색은 더욱 누렇게 바뀌었다. 멀리 주산섬이 보였다. 섬은 마치 큰 전함이 정박하고 있는 것처럼 보였다. 멀리서 보면 진짜 배 같았다. 낭떠러지 바위 위에 우뚝 서 있는 관음보살상이 손톱 만하게 보였다. 영파항으로 다가 갈수록 갖가지 배들이 보이기 시작했다. 섬을 돌아 들어가자마자 전함이 십여 척 숨어 있었다. 전함 뒤로는 수많은 돌격선이 묶여 있었다. 전함에는 노란 바탕에 붉은 글씨로 척戚이라고 쓰여 있었다. 돌격선에도 척 깃발이 바람에 흩날렸다. 그 안쪽으로는 어선과 상선들이 항구에 그득했다. 압도적으로 큰 크기의 검은색의 불랑기 상선도 한 척 정박해 있었다. 돛에는 흰 바탕에 붉은색의 십자가가 그려진 깃발이 여러 개 있었다. 배에 거치된 검은색 불랑기포가 햇빛에 번쩍거렸다.

그 중에 남원南原이라고 돛대 흰 바탕에 검은 글씨로 쓴 깃발을 단 상선이 보였다. 유난히 큰 상선이었다. 명의 상선과 달리 바닥이 더 넓적하고 돛을 세 개나 단 큰 배가 눈에 들어왔다. 그 배를 보던 조선 여인의 눈빛이 번쩍거리다가 이내 스러졌다. 돌격선에서 내려 잠시 기다리자 돌격선의 깃발을 보고 오봉선 두 척이 다가왔다. 조선 여인과 이신방이 오봉선 한 척에 타고 마웅과 진염이 다른 배에 탔다. 오봉선은 운하를 따라 영파로 깊숙이 들어갔다. 이제는 높이 솟은 건물들이 운하 옆으로 나타났다. 영파는 이신방의 상상보다 훨씬 컸다. 좁은 골목길을 따라 상관이며 살림집들이 즐비했다. 사람들이 골목마다 바글거렸다. 이제는 관아들이 보이기 시작했다.

오봉선에서 내리자 척 장군이 관아 앞에 나와 있었다. 병사들이 전부 무릎을 꿇고 절했다. 여인도 크게 고개 숙여 절했다. 척 장군이 이신방의 어깨를 두드렸다. 이신방을 바라보는 눈빛이 따뜻했다. 척 장군이 이신방과 여인만을 데리고 고려 관으로 향했다. 마웅이 여인을 가로막고 머리를 쓰다듬었다. 진염은 속없이 눈물을 비쳤다. 여인은 보퉁이를 꼭 안으며 크 게 절했다. 한참을 걸어 모퉁이를 돌자 멀리 고려관이 보였 다. 한눈에도 명국과는 다른 형식의 기와집이었다. 명국 관사 보다 규모는 작았지만 기둥이 튼실하고 벽돌로 쌓지 않고 나 무로 짜고 중간에 흙을 채운 흙벽이 눈에 들어왔다.

고려관에 들어서자 한 남자가 마중을 나왔다. 하늘색 도포 위에 짙은 남색의 답호를 입었다. 머리는 상투를 틀었고 갓 을 썼다. 갓은 그렇게 폭이 넓지 않았다. 흰색의 각반을 찼고 가죽신을 신었다. 얼굴은 수염이 거뭇했으나 삼십이 넘어 보 이지는 않았다.

"장군, 어서 오십시오. 윤 객주입니다."

조선 상인이 유창한 명국말로 말했다. 조선 여인을 바라보 는 상인의 눈빛이 따뜻했다. 조선 상인이 척 장군 일행을 안 으로 안내했다. 고려관 안에는 넓은 탁자가 길게 놓여있었 다. 척 장군이 상석에 앉고 조선 상인이 반대쪽에 이신방과 여인이 한쪽에 앉았다. 조선 상인이 척 장군에게 차를 권했 다. 조선의 차는 명국차와 달리 떫은맛이 강했다. 조선의 차 는 찻잎을 따서 발효시키지 않고 바로 덖은 차라서 맛이 더 쓰다고 조선 상인이 설명했다. 척 장군은 조선의 조그마한 백자 찻잔을 유심히 들여다보았다. 조선 여인에게는 나무로 만들고 옻칠을 한 검은색 찻잔에 차를 부어주었다.

"남원에서 만든 찻잔이니라. 알아보겠느냐?"

상인이 여인에게 조선말로 물었다. 여인이 고개를 끄덕거렸다. 잠시 동안 상인이 여인에게 여러 가지를 조선말로 물어보았다. 여인은 다소곳하게 대답했다. 조선 상인의 안타까운 눈빛이 스쳐 지나갔다. 여인의 눈에도 물빛이 보였다. 이신방은 서로 무슨 말을 하는지 하나도 알아듣지 못했다. 다만 여인이 자신의 이름을 '최진'이라고 대답하는 소리는 알아들었다. 이신방은 답답했다. 여인은 이신방을 쳐다보지 않았다. 이신방은 그런 여인이 갑자기 낯설게 느껴졌다. 이렇게 보낼 수는 없었다. 이신방이 갑자기 일어나서 척 장군에게 말했다.

"척 장군, 여인과 여기서 살게 해 주십시오. 결혼하고 싶습니다."

조선 상인의 얼굴이 놀란 표정으로 변했다. 척 장군도 얼굴이 굳어졌다. 여인은 이신방이 무슨 말을 했는지 표정을 통해 알아차린 듯했다. 여인이 고개를 떨궜다. 잠깐 침묵이 흘렀고 조선 상인이 척 장군을 옆방으로 따로 청했다. 이신방이 진의 손을 잡았다. 진의 손이 땀에 젖어 있었다. 그렇게 한참을 둘은 조용한 방에 앉아 있었다. 그 시간이 너무도 길었다. 잠시 후 척 장군이 나왔다. 이신방을 밖으로 불렀다. 이신방이 마지못해 고려관 밖으로 나왔다.

"여인의 뜻에 따르기로 했다. 내일 여인의 뜻을 물어보고 다시 오기로 했다. 일단 오늘은 편히 쉬어라."

이신방은 '척 장군, 지금 당장 여인에게 뜻을 묻지요?' 말하고 싶었지만 힘들어 하는 여인을 보니 차마 그 소리가 나오지 않았다. 이신방은 도살장에 끌려가는 소처럼 죽을 걸음으로 병사들이 머무는 병영으로 돌아왔다. 그 길이 마치 천리 길 같았다. 아는 얼굴은 기다리고 있는 진염 뿐이었다. 갑자기 졸음이 몰려왔다. 잠들면 그 사이에 진이를 놓칠 것 같았다. 눈을 부릅떠 보았지만 이틀간 잠을 자지 못한 눈꺼풀을 이기지는 못했다.

*

이신방이 눈을 떠보자 봉창이 훤했다. 헉 소리를 내며 일어났다. 서둘러 척장군의 관사로 뛰어갔다. 척 장군의 허가가 떨어지자 이신방은 발걸음도 가볍게 고려관으로 향했다. 이신방은 도저에서 결혼식을 하리라 마음먹었다. 절대로 진이를 조선에 보내지 않겠다고 다짐했다. 멀리 한 여인이 고려관 앞에 나와 있었다. 이신방은 눈을 가늘게 뜨고 바라보았다. 진이었다. 진이가 환하게 웃으며 고려관 앞에 나와 있었다. 붉은색 치마에 노란 저고리를 입었고 머리는 단정하게 가르마를 타서 뒤로 넘겼고 예쁘게 땋아서 댕기를 묶었다. 반듯하고 시원한 이마가 드러났다. 하루 만에 진이는 조선 여인으로 바뀌어 있었다. 고려관에 조선 여인의 옷이 있었던 모양이다. 조선의 치마저고리를 입은 진이는 참으로 자태가 고왔다.

조선 옷을 입은 조선 처녀가 동네에 나타나자 골목의 노인네들이 관심을 가졌다. 아이들이 몇 명 쫄랑쫄랑 따라왔다. 진이는 대뜸 이신방의 오른 손을 뒤집더니 손바닥에 관關 글자를 손가락으로 그렸다. 이신방이 알아듣고 노인에게 길을 물어 둘은 관제묘에 갔다. 영파의 관제묘는 도저와 비교할 수 없을 정도로 규모가 컸다. 현판부터 크기가 엄청나게 컸다. 관제묘에는 재물과 복을 비는 상인과 어부들이 가득했다. 사당 안뜰부터 향 연기가 가득했다. 사람들의 시선이 일제히 낯선 조선 여인에게 쏠렸다.

사당 안으로 들어가자 관우 장군 한쪽에는 주창이 서 있고 다른 한쪽에는 관평이 서 있었다. 중앙에 자리 잡은 관우 장군의 긴 수염이 둘을 내려다보았다. 진이는 긴 향을 세 개 뽑아 불을 붙였고 둘은 나란히 서서 동서남북으로 각각 세 번씩 절했다. 향로에 향을 꽂고 진이는 오랫동안 고개를 숙였다. 이신방이 빠끔히 쳐다보았지만 진이는 여전히 고개를 깊이 숙이고 두 손을 단정하게 모으고 있었다. 진이의 기도는 오래 계속되었다. 진이는 다시 사당에 들어가 관우에게 절을 했다. 손을 이마에 올리고 세 번 큰절을 했다. 절을 할 때마다 저고리와 치마 사이로 속옷이 비쳤다.

관제묘를 나와 객잔에 들러 국수를 먹었다. 진이는 이신방이 면을 젓가락으로 능숙하게 집어 먹는 모습을 빤히 쳐다보았다. 그 눈이 슬퍼보였다. 진이는 밥맛이 없다고 몇 젓가락 뜨고 말았다. 남은 국수를 신방에게 밀었다. 신방이 진이가 남긴 국수를 달게 먹었다. 신방은 속으로 매일 아침 이렇게 둘이 얼굴을 맞대고 국수를 먹었으면 좋겠다는 생각을 했다. 진이는 호수에 가자고 했다.

이신방과 진이는 다시 근처에 있는 월호에 갔다. 빗방울이 한두 방울 후드득거렸다. 하늘이 시커멓게 변했지만 비가 많이 올 것 같지는 않았다. 월호에는 구경나온 노인과 아이들이 많이 있었다. 서둘러 집으로 돌아가는 모양이었다.

오봉선이 한두 척씩 돌아왔다. 이신방이 사방을 두리번거리다가 오봉선을 한척 빌려왔다. 도저의 오봉선보다 조금 컸다. 대신 차양이 크게 만들어져 있어 비가 와도 걱정이 없었다. 이신방은 사공에게 지유삼도 구해왔다. 진이는 지유삼을 걸치고 차양 밑에 앉았다. 이신방도 지유삼을 걸치고 삿대로 월호의 중앙으로 배를 밀고 나갔다. 사공이 이신방에게 뭐라 말하고 손짓을 했다. 이신방은 건성으로 대답했다.

이신방은 배를 밀고 월호의 끝까지 갔다. 하늘이 갑자기 시커멓게 변하더니 비가 쏟아졌다. 비가 차양을 심하게 두들겼다. 이신방은 배를 능수버들 나무 옆으로 붙였다. 진이의 입술이 금세 파래졌다. 오슬오슬 찬기가 올라와 소름이 돋았다. 이신방이 지유삼을 벗고, 입고 있던 전포를 벗어서 진이에게 입혔다. 진이가 그런 이신방을 빤히 쳐다보았다. 두 사람의 눈빛이 교차했다.

"신!"

진이 이신방을 불렀다. 진이의 눈에서 눈물이 굴러 떨어졌다. 이신방이 진이의 눈물을 손으로 걷어냈다. 진이 이신방에게 입맞춤을 했다. 진이 눈을 감았다. 이신방도 눈을 감았다. 이신방이 심하게 떨고 있는 진이를 꼭 안았다.

'가지 마라. 가지 마라.'

이신방이 속으로 말했다.

빗소리는 차츰 잦아들었다.

긴 입맞춤이 이어졌다.

진이의 입속에서 짠맛이 났다.

6장

장간행長干行

家居長干里 우리 집은 장간리에 있었답니다.

來往長干道 장간리 길을 오고가면서

折花問阿郞 꽃가지 꺾어 들고 님에게 묻곤 했죠.

何如妾貌好 꽃과 나와 어느 쪽이 더 예쁜가요.

昨夜南風興 지난밤에는 남풍이 일었는데

船旗指巴水 배의 깃발이 파수를 가리켰어요.

逢着北來人 북쪽에서 온 사람을 만나 물어 보니

知君在揚子 우리 님은 양자강에 계신다고 하더군요.

조선의 사신으로 온 허심이 뻐기는 표정으로 시를 종이에

써내려갔다. 이신방은 숨이 멎는 듯한 충격을 받았다. 다리가 후들거렸다. 시구 한 구절 한 구절마다 진이가 자신을 부르는 노래였다. 진이에게 "예쁘다."라고 고백했던 그 순간이 시에 그대로 그려졌다.

'이건 필시 진이의 시가 분명하지 않은가?'

이신방이 허심을 바라보며 물었다. 조선말이 저절로 나왔다. 이신방은 이제 제법 역관 없이도 조선인과 한두 마디 대화가 가능해졌다.

"대감, 혹시 이 시를 지은 처자를 아시오?"

허심의 표정이 자못 흥미로운 표정으로 바뀌었다.

"이신방 장군이 조선에 관심이 많은 줄은 익히 알고 있었소만 설마하니 조선 아낙의 시까지 조예가 깊은 줄은 미처 몰랐소이다."

허심이 싫지 않은 표정으로 껄껄거렸다. 허심은 이번에 북경의 사행관으로 온 조선의 사신이었다. 사행관으로 나온 조선 양반들이 으레 그렇듯 장성을 원행 길로 삼아 북경에서 가까운 산해관에 왔다. 이신방은 척계광의 명으로 산해관을 지키는 장수였다.

이신방이 산해관 지키기를 자원한 까닭은 조선인과 만나고 싶은 이유이기도 했다. 이신방은 조선인이라면 상인이든 관리든 역관이든 잡고 이것저것 조선에 대하여 이야기하기를 좋아했다. 척 장군도 그런 이신방의 심정을 모르는 바 아니었다. 이신방은 침이 바짝 말랐다.

"혹시 진이라는 이름을 쓰는 처자가 아니요?"

이신방의 의도와 다르게 말이 저절로 툭 나와 버렸다. 말을 뱉은 후에야 이신방은 머쓱한 표정이 되었다. 허심의 눈꼬리가 더욱 올라갔다.

"하하하, 천하의 영웅이신 이신방 장군이 조선의 기생인 황진이를 마음에 두고 있었다니 조선 사람으로서 영광이오."

허심이 이신방의 마음 졸이는 것에는 아랑곳없이 주절거렸다. 이번에는 황진이에 대하여 한바탕 사설을 늘어놓기 시작했다.

'참으로 말이 많은 작자로군.'

이신방이 속으로 생각했다. 이신방의 표정이 굳어지는 것을 본 허심이 서둘러 말을 이었다.

시를 지은이는 허심과 먼 친척이 되는 허초희라는 여식인데 천재 여류 시인이라 하였다. 여덟 살에 처음 시를 짓기 시작했다고 하였다. 그 유명한 허봉이 오라비이며 조선 유학의 거두 허엽의 여식이라고 자랑했다. 장간행은 그녀 나이 열다섯쯤에 연인을 그리워하며 지은 시라고 하였다. 그러면서 허초희의 연인은 두보라나 어쩌나 시시콜콜한 이야기를 늘어놓았다. 다른 때 같았으면 이신방이 한 대목이라도 놓치지 않으려고 귀를 쫑긋했겠지만 지금은 달랐다.

'진이가 아니구나.'

이신방의 표정이 어두워졌다.

'허초희의 심정이 어찌 나의 심정과 이다지도 같을까?'

'혹시나 진이가 허초희의 이름을 빌어 나에게 보내는 시가 아닐까?'

이신방은 속으로 혼자 이런 저런 상상을 했다. 허심은 혼자 신이 나서 허초희의 집안 이야기며 허초희가 지은 다른 시를 자신은 여럿을 암송하고 있다는 등, 시답지 않은 소리를 주절거렸다. 이신방은 예의상 듣는 척하면서 고개를 끄덕거리기는 했지만 이미 그의 손은 진이가 남기고 간 나무 기러기를 만지고 있었다. 허심은 그렇게 주절거리다가 혼자 장성을 바라보며 시를 짓다가 또 그렇게 차를 마시다가 이신방이 내온 안주에 술을 거나하게 마시고 취하여 객사로 비척비척 돌아갔다. 이신방은 혼자 남아 망연히 장성 밖 옛 발해 땅을 바라보았다.

'저 너머에 조선이 있다.'

진이를 만난 때가 이신방의 나이 열여덟이었는데 벌써 십팔 년이 흘러 이신방의 나이 서른여섯이 되었다.

'그때 저기에 갔었어야 했다.'

이신방은 생각했다.

*

월호에서 배를 타고 빗속에 입맞춤을 했던 그 다음날 진
이는 조선 상인을 따라 조선으로 돌아갔다. 창졸지간에 번쩍
일어난 일이었다. 이신방은 어떻게 해볼 도리도 없이 갑자기
일어난 일이었다. 진이는 이신방에게 약속했다.

'돌아오겠노라.'

'고향에서 딸의 생사를 몰라 애타고 있을 부모님을 만나
뵙고 다음에 남원 상단이 영파에 나올 때 꼭 다시 오겠노라.'

진이는 평소 지니고 있던 노리개에 달린 나무기러기 한 쌍
중 하나를 이신방에게 정표로 주고 그렇게 떠나갔다. 허망하
게 떠나갔다.

'돌아오겠노라.'

'돌아오겠노라.'

이 말을 의지하며 이신방은 살아갔다. 이신방은 기다렸
다. 진이가 돌아올 날만을 기다렸다. 월호에서 한 약속을 믿
었다. 훈련을 하다가도 보초를 서다가도 잠을 자다가도 벌떡
일어나 주산섬을 돌아서 흰 바탕에 남원南原이라고 검은 글

씨로 쓴 깃발을 단 조선 상선이 들어오는지 보고 또 기다렸다. 주산섬 모퉁이를 돌아 들어오는 배를 보고 또 보았다. 그러나 이신방의 기대와 다르게 남원 상단은 오지 않았다.

육 개월이 지나도 오지 않았다.

일 년이 지나도 오지 않았다.

이 년이 지나도 오지 않았다.

이신방은 시간만 나면 고려관에 나갔다. 혹시나 조선인이 있나 해서였다. 그러나 조선 관원은 영파에 오지 않았다. 그나마 조선 상인이 영파에 오면 고려관에 묵을 뿐이었는데 최근에는 그 마저도 해금정책의 영향으로 들어오는 상인이 없었다. 이신방은 영파에 있는 상인들을 수소문해서 조선 상인을 찾기 시작했다. 조선에 다녀 온 적이 있는 상인을 운 좋게 만났다. 주산섬에 조선 상인이 가끔씩 표류하여 들어오거나 눌러 산다는 말을 들은 이신방은 틈만 나면 주산섬으로 넘어가서 조선인을 수소문하기 시작했다. 영파 상인에게서 조선말을 배우기 시작했다. 조선에 대한 책이나 서화집을 모으기 시작했다. 조선이 그려진 지도를 입수하여 남원을 뚫어지게 보기도 했다.

어느 날 척계광이 불러 장군부에 들어가니 "이신방, 너는 애초부터 무인보다는 문관이 어울리니 이제부터라도 글공부를 열심히 하라."하였다. 이신방도 싫지 않았다. 조선에 대해 더 잘 알 수 있을 것 같았다. 틈틈이 향시 공부를 시작했다. 영파에 있는 천일각에 척 장군이 특별히 청을 넣어두어 이신방이 책을 마음껏 읽을 수 있게 배려해 주었다. 이신방은 향시 공부를 하기 위해 정들었던 척가군에서 나왔다. 척 장군은 잘한 결정이라고 등을 두드렸고 이신방의 뒤를 봐주었다. 마웅 대장은 아쉬워했다. 진염은 서른다섯이 되어서야 영파 상인의 딸과 결혼을 했고 도저로 발령받아 내려갔다. 이신방은 그런 진염에게 모아 두었던 은자 한 냥을 결혼 선물로 쥐어 보냈다. 이신방은 머리가 영특하고 셈이 빠르고 기억력이 좋았다. 이신방의 나이 스물둘에 향시에 급제하여 진사가 되었다.

　사 년이 지나도 오 년이 지나도 진이는 오지 않았다.
　이신방은 이제 자신이 직접 조선에 가야겠다는 생각을 했다. 배를 하나 사서 조선 땅 남원에 가야겠다는 생각을 했다. 상인들을 만나러 다니고 객군들을 모으기 시작했다. 지도에 남원을 표시했다. 그런 소식이 척 장군에게도 들어간 모양이었다. 어느 날 마웅 대장이 와서 이신방에게 정색하고 말했다.
　"진이는 못 오는 것이 아니고 안 오는 것이다."
　이신방이 처음으로 마웅 대장에게 화를 버럭 내면서 대들었다.

"진이가 그럴 리가 없어요."

마웅대장이 고개를 절레절레 흔들고 돌아섰다. 마웅 대장이 돌아가고 나서 그 말 같지도 않은 말이 이신방의 마음속에 똬리를 틀더니 점점 커지기 시작했다. 이신방은 바닷가에 나가 남원과 최진을 썼다가 지우고 썼다가 지우고를 반복했다.

'진이가 다른 남자에게 벌써 시집을 갔을까?'

그런 걱정이 생겼다. 걱정은 아무런 도움도 주지 않는데 마음속에서 스스로 깊어지기 시작했다. 걱정이 의심이 되고, 의심이 분노로 바뀌었다.

*

어느 날, 마웅 대장이 이신방 앞에 매파를 데리고 왔다. 영파의 진사에 어울리는 상인 집 딸이었다. 휘주 상인의 후예였던 등 씨 상단의 외동딸이었다. 이신방에게는 과분한 상대였다. 척 장군의 입김이 작용한 것 같았다. 누가 사고무친인 문관 말직에게 외동딸을 주려고 하겠는가? 그러나 척 장군이 이신방을 양아들 삼아 키운다는 이야기를 모르는 영파

사람은 없었다. 나이는 이신방보다 다섯 살 어린 열여덟이었다. 하필이면 진이의 그때 나이였다. 그러나 이신방은 그렇게 무심하게 장가를 들었다. 특별히 기쁘거나 특별히 슬프거나 하지 않았다. 담담했다.

결혼식이 끝나고 등씨 상단에서 처가살이를 했다. 아내 등령은 오밀조밀한 이목구비의 귀여운 얼굴이었다. 신방에 들어가 불을 끌 때도 이신방은 나무기러기를 버리지 못했다. 한 마리 나무기러기를 목걸이로 만들어 몸에 지니고 있었다. 등령은 나무기러기를 모른 척했다. 등령은 그러거나 말거나 열 달 만에 이신방의 아들을 낳았다. 장인 등 씨는 소홍주를 꺼내 동네에 풀고 잔치를 벌였다. 폭죽이 등 씨 상단 하늘에 터졌다.

융경隆慶 2년(1568년)에 척 장군이 영파를 떠나 북방을 지키는 사령관이 되어 북경으로 떠났다. 이신방은 다시 척가군에 자원했다. 척 장군이 반겼다. 아무래도 장성을 고치고 새로 짓는 일에는 이신방의 머리가 유용하리라 판단했다. 마웅이 영파를 지키는 대장이 되었다. 이신방은 척 장군의 부관이 되어 영파를 떠났다. 이신방은 영파를 떠나고 싶었다. 멀리 명국 땅을 떠돌고 싶었다. 아니 정확히 이야기하면 공공연하게 이야기하지는 못하지만 진이와의 기억이 남아있는 영파를 떠나고 싶었다.

그런 내색을 등령에게는 하지 않았다. 아마도 이삼 년에 한번 정도 영파에 올 수 있을 것이다. 어쩌면 더 걸릴지도 모른다. 등령은 잘못하면 청상과부가 될 수도 있었다. 국경을 지키는 수비대장의 처지를 빤히 아는 바였다. 등령도 그런 속을 모를 리 없건만 선선히 이신방을 보내주었다. 처와 자식은 영파에 남았다. 이신방이 군령을 받아 전포를 입고 말을 타고 북경으로 떠나는 날이 되었다. 그 동안 알 수 없을 정도로 대범했던 등령이 눈물을 보였다. 이신방은 마음 한 구석에 등령에 대한 미안한 감정이 생겼다. 이제 걸음마를 마친 아들 이식은 아버지의 무운을 빌었다.

이신방은 산해관에서 가욕관까지 십 년 넘게 돌아다녔다. 만리장성 성벽 구석구석에 이신방의 발길이 닿아 있었다. 이제는 왜구와 싸우지는 않았다. 다른 적과 다른 형태로 싸워야 했다. 큰 아들의 기원 덕분인지 이신방은 몇 번의 죽을 고비를 잘 넘겼다. 이신방이 영파에 갔다 올 때마다 자식이 늘어났고 이제는 아들 셋에 딸이 둘이나 되었다. 이신방은 자식들을 절대로 무인으로 키우고 싶지 않았다. 장인의 뒤를 이어 등씨 상단을 이어가게 했다. 큰 아들은 벌써 상단의 부행수 노릇을 했다.

국경을 지키는 변방의 생활은 단조로웠다. 어떤 때는 장성에 출몰한 몽골군과 싸웠고 어떤 때는 장성을 넘어 여진군의 거점을 공격하고 돌아오기도 했다. 나라의 상황은 나빠지기만 했다. 북경에서 멀리 떨어져 있는 변방의 무인에게도 북경의 위태로운 소식은 전해져 왔다. 척 장군은 조정의 권력 다툼에서 위태위태한 줄타기를 하고 있었다. 북방 여진이 세를 불리기 시작했다. 멀리 왜국을 통일한 장수의 소식이 전해오기도 했다. 그러거나 말거나 이신방의 촉각은 조선에 가 있었다. 척 장군은 이신방에게 조선으로 가는 관문인 산해관을 지키게 하고 본인은 북경으로 돌아갔다. 산해관에 부임한 이신방은 이제 배가 아니면 육로로 조선에 가는 꿈을 꾸기도 했다. 나이는 들어 늙어 가는데 그리움은 늙지 않았다. 그 안타까움이 더욱 커져만 갔다.

7장

원앙진

이신방은 망연히 두 개의 서찰을 바라보았다. 하나는 척계광이 인편을 통해 보낸 서찰이었다. 광동으로 내려왔고 이신방의 무운을 빈다는 짧은 내용이었다. 무미건조한 서찰에 담긴 숨은 의미를 이신방은 금방 알 수 있었다. 작년에 장거정이 죽었을 때부터 예견된 일이었다. 내각대학사를 지낸 장거정이 죽자 척 장군은 끈 떨어진 연 신세가 되었다. 그나마 목숨을 부지한 것만도 다행이었다. 대신들에게 척계광은 좋은 표적이었다. 척계광은 탄핵되었다.

대신들은 대국의 안위와 백성의 평안과는 다른 세상에 살았다. 황제도 마찬가지였다. 백성은 나라의 근본이라 했는데 백성은 공자의 책 속에만 있었다. 어디에도 백성은 없었다.

백성은 노역과 세금과 역병과 관리의 탐욕과 황제의 사치에 시달렸다. 백성들은 황제에게 등을 돌리기 시작했다. 산성을 지키고 개축할 노역군은 해마다 그 수가 줄어들었다. 나중에는 아예 오지 않았다. 십중팔구는 농민군이 되었거나 해적이 되었을 것이다. 지난해 영파에 갔을 때 장성한 큰아들 이식이 이신방에게 물었다.

"아버님, 무엇을 위해 싸우십니까?"

가족은 이신방에게 은퇴하기를 간곡히 권했다. 집은 안정되고 풍요로웠다. 살림은 부인 등령이 나날이 불려가고 있었다. 이식이 등씨 상단을 물려받아 든든히 꾸리고 있었다. 이신방이 은퇴하고 물러앉아도 아쉬울 것이 하나도 없는 형편이 되었다. 등령도 이제는 딸들 시집보낼 걱정을 같이 하자고 했다. 그때는 척 장군을 보필해야 한다는 핑계라도 있었다. 이제는 그 핑계거리마저 사라져버렸다.

척 장군은 '국록을 먹는 자는 의심하지 않는다.'고 자조적으로 말하곤 했다. 그러나 이신방은 자주 '누구를 지키기 위해 칼을 들고 있는지?' 스스로에게 물어보았다. 이신방의 한숨이 깊어졌다. 이제 이신방의 나이 사십일 세, 결코 적지 않은 나이가 되었다.

다른 서찰 하나는 황제가 보낸 칙서였다.

"이신방을 요동군 사령관 이성량의 부관으로 삼으니 즉시 임지로 부임하라."

이신방은 세 번 절하고 황제의 칙서를 받았다. 이신방은 황제의 의도를 알아차렸다. 이제 은퇴할 때가 된 모양이다. 이신방이 '황제의 은총에 감사하오나 늙고 병들어 더 이상 황제의 은총에 부응할 수 없으니 고향으로 내려가 살 수 있도록 윤허해 주십시오.' 라고 상소를 올리면 다 끝날 일이었다. 영파에 내려가서 손주의 재롱을 보며 노년을 보내다 바다로 떨어지는 해를 보며 죽으면 될 일이었다. 조정의 대신들에게 이신방은 척 장군의 사람으로 찍혀 있었다.

척 장군이 실각할 때 대신들은 아마도 이신방이 스스로 벼슬을 내려놓으리라 기대했을 것이다. 이신방이 눌러앉아 있자 대신들은 움직이기 시작했다. 그러나 이신방은 아무리 털어도 먼지가 나지 않았다. 이신방은 애초에 권력을 이용하여 재물을 모으는 방법을 알지 못했다. 그것이 오히려 대신들을 불편하게 했다. 이신방은 재물을 모으는 방법을 모를 뿐만 아니라 재물을 상납하는 방법도 몰랐다. 그것이 대신들을 분노하게 했을 것이다.

참으로 교묘했다. '이성량의 부관'이라니, 이성량이 누구던가. 백성들은 하늘에서 두 명의 무신을 내렸는데 그 중 한명

은 남방의 척계광이요, 다른 한 명은 북방의 이성량이라고 칭
송했다. 척계광과 이성량은 서로 공을 다투었다. 척계광의 후
계자로 불리던 이신방을 이성량의 부관으로 발령을 낸 것이
다. 그것도 요동으로 냈다. 요동은 황제의 땅이 아니고 이성
량의 땅이었다. 무관들 중 누구도 산해관 너머 요동을 임지로
생각하지 않았다. 요동 땅은 이성량 부하들의 텃밭이었다.

　이성량이 지키고 있는 요동 너머를 황제는 '야만인이 사
는 땅'이라 생각했다. 이성량은 야만인과 황제의 땅 사이 완
충지대를 지키는 충직한 황제의 개였다. 황제의 신하들에게
요동은 귀양이나 가는 땅이었다. 요동의 제후 이성량은 교만
해졌다. 당연 황제만큼 사치를 즐겼다. 요동의 군자금, 마시
馬市의 이익, 염세鹽稅 등 모든 것은 이성량의 재물이 되었다.
그 재물 중 다행히 일부는 대신들에게 보내졌다.

　그것이 이신방과 이성량이 다른 점이었다. 조정의 관리들
가운데 그로부터 뇌물을 받지 않은 사람이 없었다. 심지어
그는 조정에 전투에 대한 전공을 허위로 보고하기 시작했다.
실제로는 존재하지 않는 전투에 대한 승전을 보고했고, 양민
을 죽이고는 적군을 죽였다고 보고하기도 했다. 요동에 그런
이성량이 있었다. 거기로 이신방을 밀어 넣은 것이다. 이성
량은 이신방이 요동으로 오리라 생각조차 하지 않고 있었다.

　그런데 대신들의 기대와 다르게 이신방은 요동으로 부임

했다. 이신방은 '파발마로 역관에서 말을 바꿔 탔을 때 사흘이면 능히 갈 수 있는 땅' 조선에서 천리 쯤 떨어진 요동으로 갔다. 이성량도 왜 이신방이 굳이 요동으로 오는지 알지 못했다.

*

"장군, 출진 준비가 끝났습니다."

부관 추광명이 불만 가득한 표정으로 말했다. 이신방 곁에 있는 유일한 척가병 출신 부하였다. 이제 척가병은 없어졌다. 척계광은 파면되어 고향인 산동으로 돌아갔다. 요동에서는 이신방의 부대를 남방병이라고 놀렸다. 이신방은 산해관에서 부관 추광명을 포함해서 달랑 열두 명의 병력만 이끌고 일 년 전에 요동으로 왔다. 이성량의 관사는 황제의 거처만큼 화려했다. 이성량은 이신방의 출현에 깜짝 놀랐다. '아니 어떻게 이자가 여기에 왔지?' 그런 표정이었다.

이신방의 부임을 축하하는 축하연이 성대하게 열렸다. 이성량은 자신이 '조선 출신'이라 말했다. 이신방이 자신과 같은 '이 씨' 성을 가진 형제라면서 괜히 호들갑을 떨었다. 척계광의 후계자라는 공치사도 잊지 않았다. 이성량 부하들은 노골적으로 척 장군을 들먹이며 비웃었다.

그때 한쪽 구석에서 이신방을 쏘아보던 젊은 나이의 야만인이 있었다. 그의 이름은 누루하치였다. 그는 건주여진의 풍운아였다. 조정에서는 '여진이 일만이 되면 천하를 감당할 수 없다.女眞一萬天下不堪當'고 여겨 여진족이 뭉치는 것을 극도로 경계했다. 여진은 서로서로 물어뜯고 있었다. 오랑캐로 오랑캐를 무찌른다는 명국의 '이이제이以夷制夷' 전략에 휘말렸다.

건주여진과 적대하던 해서여진의 아타이를 이성량이 공격할 때, 누르하치의 할아버지 교창가覺昌安와 아버지 타쿠시塔克世가 명의 편에 서서 아타이 토벌에 참전했다. 아타이의 성이 함락되고 아타이는 피살되었다. 그 와중에 이성량 군의 오인으로 두 명이 죽게 되었다. 누르하치는 할아버지와 아버지의 죽음을 눈앞에서 목격했다. 누르하치는 억울하고 분통한 마음을 꾹 눌러 참았다. 그의 나이 그때 이십오 세였다.

이성량은 누루하치에게 미안한 생각이 들어 조정에서도 모르게 누루하치의 뒤를 봐주기 시작했다. 누루하치는 와신상담했다. 부족도 통제하기 어려운 나이에 명나라와 대적할 수 없었다. '언젠가 복수하리라.' 생각하며 그는 조부와 부친의 목숨 값으로 얻은 교역허가증으로 돈을 벌었다. 이성량은 그런 누루하치의 야심을 눈치채지 못했다. 누루하치는 이신방의 출현을 달갑지 않게 생각했다.

축하연이 끝나자마자 며칠 후 이성량은 이신방을 자신의 출신지인 철령으로 보냈다. 철령에는 오백의 북방병이 이신방을 기다리고 있었다.

"철령에서 오백 리 떨어진 여진의 산성을 공격하여 점령하고 산성을 파괴한 후에 철수하라."

이성량의 군령이 어제 도착했다. 이해할 수 없는 명령이었다. 해서여진이 천리나 떨어진 이곳을 공격하여 점령하고 있다는 것도 납득할 수 없었지만 원래 철령의 군대는 지키는 것이 임무였지 공격하는 것은 아니었다. 황제는 철령 너머 황량한 야만인의 땅에 관심이 없었다. 철령은 더 이상 여진이 들어오지 못하게 막는 최전방 기지였다. 그 너머에서 여진족끼리 싸우는 것은 오히려 조정이 바라는 바였다.

그러나 황제는 '조공을 바치고 충성을 맹세한 건주여진을 공격한 해서여진을 출격하여 응징하고 야만의 땅에 황제의 위엄을 보이고 도리를 세우라.' 명했다.

군령을 전하는 전령이 이번에도 명을 따르지 않으면 군율에 따라 처단하겠다는 이성량의 명을 따로 전했다.

"이달 보름까지 산성에 도착하라. 건주여진과 조선이 공격을 도울 것이며 군량을 보급할 것이다."

부관 추광명이 이건 미친 짓이라고 했다. 산하에는 눈이 쌓였다.

'죽으라면 죽어주마.'

　이신방은 이를 악물었다. 이번이 그의 마지막 출병이 되리라는 생각이 들었다. 완전무장을 하고 오백의 기병대가 도열했다. 철령에 온 지 벌써 일 년이었다. 북방의 병사들은 차츰 이신방의 군대가 되어갔다. 병사들은 전쟁에서 단련되고 동질감을 느꼈다. 보급품을 똑같이 나누고 전리품을 똑같이 나누는 장수를 병사들은 처음 겪은 것이었다. 이신방은 병사들과 똑같이 추위와 배고픔을 나눴다. 병사들은 금방 이신방에게 감화되었다. 병사들은 귀에 못이 박히도록 척가병의 영웅담을 들어왔고 척가병의 신의를 부러워했다. 그렇게 척가병이 된 것이다.

　보급대는 따로 열 마리의 말에 식량을 실었다. 하루에 한 마리씩의 식량이 사라질 것이다. 이 겨울에 산성을 점령해 보아야 먹을 것이 아무것도 없을 것은 번연한 이치였다. 달이 많이 커졌다. 철령의 군대는 중기갑병이었다. 하루에 빨라야 백리를 가기 힘들다. 보름까지 도착하려면 꼬박 닷새를 쉬지 않고 달려야 한다. 여진의 산성에 가본 척후병은 겨우 한 명뿐이었다. 그것도 기억이 가물거려 했다. 지도에 찍힌

산성을 무작정 찾아 나섰다.

철령을 출발하여 고개를 넘자마자 여진의 척후병이 황급히 돌아가는 것이 보였다. 여진의 척후병은 굳이 자신의 존재를 속이려하지 않았다. 다시 백리를 달려 산 밑으로 들어가 막사를 치고 숙영했다. 밤에는 불빛이 오십 리를 간다. 여진의 척후병이 불빛을 보고 돌아갔다. 행군은 순조로웠다. 명의 기병과 여진의 기병이 부대 단위로 부딪히면 명군이 이겼다. 명군은 중갑으로 무장하고 개인 철포와 쇠뇌가 강력했다. 그러나 여진의 말은 빨랐다. 명군의 대열이 흩어지면 여진족에게 토끼몰이 되어 몰살할 것이 자명했다.

명군은 느리게 밀집하여 움직였다. 행군 오 일째 척후나간 병사가 급히 돌아와서 도착을 알렸다. 고개를 넘어서자 갑자기 평야지대에 흙으로 다섯 장쯤 다져 올린 토벽이 나타났고 토벽 위에 목책으로 둘러쳐진 산성이 보였다. 토벽은 인공으로 쌓은 것 같지는 않았다. 한눈에 봐도 천혜의 요새로 보였다. 산성까지는 십리가 조금 넘어보였다. 고개 위로 병력이 전부 올라오자 대열을 정비하고 척후를 산성으로 보냈다.

눈이 슬슬 쌓이기 시작했다. 뜻밖에도 산성은 비어 있었다. 싱겁게 된 것이다. 부대는 산성에 입성했다. 산성 안은 텅 비었다. 사람은 한명도 없었다. 모두 불타고 없었다. 집은 아무것도 없고 우물은 전부 무너졌다. 당장 쉴 곳이 없었다. 이신방은 불길한 예감이 들었다. 목책 위로 올라갔다. 사방을 둘러보았다. 산성은 고원지대에 우뚝 솟은 기지였다. 사방이 산으로 막혔다. 퇴로는 방금 넘어온 고개 밖에 없다.

'아뿔싸, 덫에 걸렸구나.'

그때 방금 넘어온 고개로 여진의 말이 불쑥 한 마리 나타났다. 여진은 이신방이 철령을 출발할 때부터 미리 동선을 알고 있었다. 한 마리씩 여진의 말이 고개를 넘어왔다. 여유롭게 여진의 말이 고개를 막기 시작했다. 삼천 명이 넘어 보였다. 이신방은 산성에 갇혔다.

여진은 나무 밑에 막사를 치고 불을 피워 밥을 짓기 시작했다. 산성에서 고개까지는 십리 길 허허벌판이라 기습하기가 쉽지 않다. 여진의 선봉대는 산성 앞까지 와서 막사를 쳤다. 이미 여진은 고개에 진지를 구축하고 토끼몰이를 시작했다. 고개를 돌파하기가 쉽지 않은 상황이 되었다. 이성량이 보내는 지원부대는 오 일 후에 철령에 도착한다고 했다. 바로 출발했다 하더라도 이곳까지는 오 일 후에 도착한다. 그때면 식량은 동이 난다.

앞뒤에서 고개를 공격하면 겨우 활로를 뚫을 수 있을 것이다. 그러나 지원군이 제때 도착할지 알 수 없다. 어쩌면 애당

초 요동의 지원군은 없는 것인지도 모른다. 이성량의 지원군은 오지 않을 것이다. 건주여진의 지원군 또한 오지 않을 것이다. 아니 고개를 막아선 놈들이 해서여진을 가장한 건주여진인지도 모른다.

생각이 여기까지 미치자 누루하치와 이성량이 마주보며 웃던 모습이 떠올랐다. 이 작전이 누구의 머리에서 나온 것인지 궁금했다. 아마도 이성량은 '이신방이 군령을 어기고 공을 다투어 무리하게 여진족 깊숙이 공격했다가 전멸했다.'고 조정에 보고 할 것이다. 대신들은 시원해 할 것이고 부대를 전멸시켰다고 죄를 물을 지도 모른다. 역적으로 몰리지 않으면 그나마 다행이기는 했다.

이신방의 입맛이 씁쓸했다. 조선의 지원군도 오지 않을 것이다. 조선의 압록강에서 여기까지도 삼백리가 넘는 길이다. 이신방의 군대는 벌써 오 일간의 강행군을 해왔다. 우선 쉬는 것이 중요했다. 세 명씩 모여 개인 천막을 치게 했다. 나무가 없어 불을 피울 수가 없었다. 그렇다고 성을 둘러친 목책을 가져다 불을 피울 수도 없었다. 경계병을 목책에 내보냈다.

이신방은 잠을 이루지 못했다. 날이 밝으면 여진은 산발적으로 공격해 올 것이다. 화전을 날리고 목책의 약한 부분을 계속 두드릴 것이다. 그때마다 병사들은 지치고 식량은 떨어지고 시간이 갈수록 필패의 지경이 될 것이다. 이러다가는 전멸이다. 단 한명이라도 부하들을 살려서 보내야 한다. 이신방의 고민이 밤새 계속되었다. 그러다 이신방도 까무룩 잠이 들었다.

동이 트자 이신방은 목책을 뜯어와 불을 피우기 시작했다. 가져온 군량을 모두 풀어 밥을 짓고 고기를 끓여 국을 만들었다. 군량을 실어온 말을 한 마리 잡아 고기를 든든히 병사들에게 먹였다. 말에게도 병사들의 식량을 풀어 든든히 먹였다. 산 위에서 성을 내려다보던 여진도 낌새를 알아차리고 병력을 고개에서 내려 성 쪽으로 이동시켰다. 한 번의 싸움에 승부 결정이 나는 것이다. 여진은 오백 단위로 부대를 편성해서 성을 둘러치기 시작했다. 그러거나 말거나 이신방은 교대로 경계병을 내보내고 병사들을 쉬게 했다. 병사들은 말젖을 섞은 차를 끓여먹었다. 불에 몸을 말리고 손발을 따뜻하게 했다. 병사들을 시켜 목책을 전부 뜯어 오게 하고 목책을 해체하여 잘게 부수었다. 산에서는 그것까지는 보이지 않았다.

해가 정오를 지나가고 있었다. 이신방은 총포 부대 이백을 성에 남기고 말들은 전부 눈을 가려 한 곳에 묶어두었다. 혹시나 화살이 성안으로 날아오더라도 날뛰는 것을 막기 위함이었다. 이신방의 부대가 일제히 이신방을 바라보았다. 이신방의 눈에 여유가 있었다. 병사들이 안도했다.

"가자!"

삼백은 일제히 성문을 열고 나갔다. 열두 명씩 원앙진을 만들었다. 여섯 명이 목책을 잘라 만든 방패를 들었다. 그 사이에 목책을 잘게 부수어 방패를 만든 것이다. 기병부대가 아니고 원앙진을 펼친 보병부대가 출동했다. 목책을 자르고 단도를 끝에 묶은 장창병은 방패 뒤에 숨었다. 두 명은 석궁을 들고 역시 방패 뒤에 숨었다. 이신방의 군대가 성에서 쏟아져 나와 전력으로 고개를 향해 달려갔다.

'고개를 점령하면 살 수 있다.'

이신방이 내린 결론이었다. 여진은 미처 이신방이 역습에 나올 줄 생각하지 못했다. 여진이 말을 타고 일제히 이신방의 원앙진을 깨기 위해 짓쳐갔다. 여진의 활 사거리에 도달하자 이신방군은 원앙진을 펼쳤다. 방패 여섯 개가 하늘을 향해 쳐들렸다. 마치 풍뎅이가 날개를 접은 것 같았다. 성과 고개 사이 평원에 갑자기 풍뎅이 떼가 삼십 마리 나타났다. 여진이 말달리며 쏘는 화살은 원앙진의 방패에 걸렸다. 말로 원앙진을 짓이기려고 말을 몰아오자 방패 사이로 갑자기 긴 장창이 나와서 세워졌다. 말이 창에 찔리고 말이 급히 서면서 튀어올랐다. 여진이 말에서 떨어졌다. 그 사이에 원앙진에서 석궁이 연사되었다. 말이 수없이 쓰러졌고 칼을 들고 원앙진에 접근하던 여진은 장창에 찔렸다. 여진 기병에 맞선 보병진의 승리였다.

순식간에 여진군 오백여 명이 도륙되었다. 여진은 심상치 않음을 알고 성으로 돌진했다. 성을 점령하려고 성문을 향해 일대의 여진 말이 쏟아져갔다. 그때 목책 위에서 일제히 이신방군이 총포를 쏘았다. 여진 말이 한꺼번에 우수수 쓰러졌다. 그 위에 석궁이 쏟아졌다. 성문으로 향하던 여진군 오백이 순식간에 녹아버렸다.

여진이 작전을 바꿨다. 여진이 나발을 불어 전 병력을 한곳에 모으기 시작했다. 원앙진 한 곳을 집중 공격하기 시작했다. 사방에서 수백 마리의 말이 동시에 몰아쳤다. 방패 여섯으로 막기에는 역부족이었다. 원앙진에 틈이 생겼다. 원앙진이 하나씩 깨지기 시작했다. 이신방이 속해 있던 원앙진은 필사적으로 고개로 돌진했다. 이제 고갯마루까지는 한 마장 정도 밖에 남지 않았다. 이미 원앙진은 많이 무너진 상태였다. 고개를 점령하지 못하면 전멸이었다. 이신방의 원앙진을 여진 본대가 막아섰다. 고개가 코앞이었다. 이신방의 원앙진이 일제히 방패를 쳐들었다.

그때 갑자기 한 떼의 군마가 고개를 치고 올라왔다. 처음

보는 깃발이었다. 경쾌한 나발이 울렸다. 잽싸게 고개를 점령하더니 말에서 내려 횡대로 대열을 정비하고 진을 펼쳤다. 오백 정도 되는 병력이었다. 여진군은 아니었는데 경기갑병이었다. 전부 가벼운 두정갑주를 입었다. 여진 본대가 당황했다. 이제는 오히려 여진이 앞뒤로 포위된 형국이 되었다. 고개 밑으로 원앙진이 한곳으로 모였다. 여진은 우선 고개를 돌파하기 위해 일제히 말을 몰아갔다.

　고개를 거의 올라가 잠깐 말이 주춤하는 사이에 고개에서 한꺼번에 총포가 터졌다. 굉음이 울렸다. 이신방이 듣도 보도 못한 총성이 울렸다. 고갯마루에서 참새 알 만한 총탄이 무더기로 여진 말을 향해 쏟아졌다. 한 번에 이천 발의 조란탄鳥卵彈이 쏟아진 것이다. 여진군이 한 번에 몰살했다. 고개 위에서 편전片箭이 여진을 향해 쉴 새 없이 쏟아졌다. 여진은 황급히 후퇴했다. 고개에서 말이 쏟아져 내려왔다. 그런 여진의 뒤를 쫓았다. 성에서도 이신방의 기병이 쏟아져 나왔다. 이신방은 그렇게 살아났다.

8장

남원성

이신방은 조선군의 도움으로 겨우 살아나서 철령으로 귀환했다. 닷새 걸릴 거리를 모든 장비와 무기를 버리고 짐을 가볍게 해서 밤낮으로 달려 이틀 만에 돌아왔다. 오백이 나갔다가 겨우 이백이 돌아왔다. 그러나 이신방은 삭탈관직削奪官職되었다. '산성을 점령하지 못하고 병력을 크게 잃은 책임을 묻겠다.'가 그 이유였다. 이성량은 '목숨을 거두지 않은 것을 감사하라.'고 생색을 냈다. 이신방이 쏘아보자 이성량은 어색하게 고개를 돌렸다. 관인을 내려놓고 갑주를 벗고 칼을 내려놓고 돌아 나왔다. 이신방은 바로 낙향했다. 부관 추광명도 이신방과 같이 낙향했다.

*

　이신방은 오봉선을 타고 영파항에 나왔다. 요동에서 영파로 낙향한 지도 벌써 십년이 넘었다. 칼을 들었던 굳은살이 풀렸다. 평온한 나날이었다. 이신방은 만족스러웠다. 아침에는 태극권을 수련했다. 척 장군의 기효신서를 보면서 무술 수련을 게을리 하지 않았다. 때때로 말을 달려 항주까지 갔다 오기도 했다.

　등령은 그런 이신방을 못마땅해 했다. 요즘 부쩍 등령은 마작에 취미를 붙였다. 이신방은 단 한 번도 마작을 하여 등령에게 이겨본 적이 없었다. 번번히 등령에게 마작을 했다가 져서 손주를 주려고 모아둔 은자를 털리곤 했다.

　창을 들었던 손에는 이제 낚싯대가 들려있다. 오늘도 손자 풍과 같이 낚시를 나왔다. 지금은 제법 숭어가 연안까지 달려드는 때였다. 숭어를 잡아 배를 가르고 염장을 해서 꾸덕꾸덕 말려 찜을 해 먹으면 그 맛이 일품이었다. 등령은 찜보다는 튀겨먹는 것을 좋아했다. 오늘도 서너 마리 잡아갈 것 같았다. 집 앞 호수에도 고기는 있었지만 이신방은 바다 냄새를 직접 맡고 싶었다. 풍은 작은 게를 쫓고 있었다.

　"풍아, 멀리 가지 마라."

　풍은 건성으로 대답하고 고개만 끄덕거린다. 이신방이 고개를 들자 멀리 주산섬이 보였다. 거기서 천리를 가면 조선이라고 했다. 조선에는 임진년에 난리가 났다. 왜군이 조선을 쳤다. 물경 이십만 대군이라고 했다. 조선의 왕은 국경까지 쫓겨 왔고 대국에 망명을 요청했다고 한다. 참으로 구차한 왕이었다. 명이나 조선이나 구차하기는 마찬가지였다. 조선을 치고 명나라를 정벌한다고 했다. 대신들은 호들갑을 떨었다. 이신방은 그것이 왜군의 허풍이 아님을 너무나 잘 알고 있었다.

이신방의 미간이 절로 찌푸려졌다. 영파에서도 군대를 동원해갔다. 이성량의 아들 이여송이 총대장이라고 했다. 이신방은 고개를 절레절레 흔들었다. 이여송은 왜군을 잘 모른다. 누루하치의 미소가 떠올랐다. 이 전쟁의 승자는 아마도 그가 되리라 속으로 생각했다. 시골구석에 물러 나와 있어도 세상 소식은 여전했다.

문득 오래 전 기억이 물 위로 떠올랐다. 만주 벌판에서 죽기 일보 직전에 기적적으로 살아난 그때가 떠올랐다.

*

"조선군 만호 한원영이라 하오."

조선군 장수 한 명이 말에서 내려 이신방에게 손을 내밀면서 한 인사였다. 이신방은 이제 겨우 한숨을 돌리고 있을 때였다. 유창한 명국 말이었다. 나이는 삼십 초반 정도로 보였다. 수염이 가뭇했다. 투구를 쓰고 두정갑주를 입었다. 어깨가 반듯하고 든든했다. 나는 듯이 눈 위를 가볍게 걸었다. 자신의 젊은 시절을 보는 듯했다. 짙은 눈썹이 인상적이었다.

"저희가 시간을 잘 맞추었습니다."

하면서 껄껄껄 웃었다. 여진은 살아 움직이는 자가 한명도 보이지 않았다. 아마도 몇 십 명은 산을 통해 도망갔을 것이다. 말에서 내려 가볍게 서로 인사를 나누었다.

"이신방이오."

이신방은 짧게 인사했다.

한원영은 이미 건주여진을 통하여 장군의 위명을 들어 익히 알고 있노라고 대답했다. 이신방은 한원영의 서글서글한 눈매에서 진이를 보았다. 하필이면 왜 그런 생각이 들었을까?

"고맙소."

이신방은 진심으로 대답했다. 한원영은 오히려 이신방의 부대를 걱정했다. 건주여진의 동태가 심상치 않다고 이야기하고 모든 장비를 버리고 가능한 빠르게 철수해야 한다고 조언했다. 해서여진이 중간에 길목을 노릴지도 모른다고 걱정했다. 그것은 이신방이 할 걱정이었다. 그는 이신방이 건주여진의 간계에 당한 것 같다는 말도 덧붙였다. 한원영은 이미 많은 것을 알고 있는 눈치였다. 그러나 이신방은 굳이 묻지 않았다. 그것이 무슨 상관인가? 이번에도 천행을 얻어 살아 돌아간다면 이제는 자식들 곁으로 돌아갈 생각이었다.

"조선은 어떠한가?"

이신방이 뜬금없이 물었다. 한원영은 한참을 무어라 대답할까 생각하더니 웃으면서 대답했다.

"장군, 국록을 먹는 자는 의심하지 않습니다."

조선 장수에게서 척 장군의 말을 들었다. 우문현답이었다.

*

숭어가 풀썩 물 위로 뛰어 올랐다. 나 잡아 봐라 하듯이 낚시꾼을 놀렸다. 뛰는 숭어는 잡지 못한다고 했다.

'한 명의 조선 여인을 살리고 한 명의 조선인으로부터 목숨을 구했으니 나의 조선에 대한 인연은 끝난 것 인가.'

그때 영파의 전령이 이신방을 찾는 소리가 들렸다.

"이신방 장군!"

"이신방 장군, 황제의 칙서입니다."

전령이 이신방을 발견하고 무릎 꿇어 절한 다음 이신방에게 급히 영파 관아로 가서 총독을 만나야 한다고 말했다. 손자 풍이 이신방의 팔에 매달려 흥미로운 표정으로 전령을 바라보았다.

'흠, 황제의 칙서라.'

이신방은 낚싯대를 걷어 오봉선에 올랐다. 집에 들러 의관을 정제하고 관사로 나갔다. 등령이 걱정스러운 눈빛으로 마중했다. 나이 먹어 못 나간다고 하라고 노골적으로 말했다. 사실 임진년에도 한번 황제의 칙서가 오기는 했다. 그때 이신방은 병과 나이를 핑계로 출전을 거부했었다.

'왜군이 또 다시 대군을 이끌고 조선에 출병한다 하니 황제의 근심이 크다. 이신방 그대의 충심을 익히 알고 있는 바이니 조선으로 출병하여 황제의 근심을 덜어 달라.'

황제의 칙서는 완곡했다. 그러나 이신방은 조선과의 질긴 인연은 이미 끝났다고 생각했다. 더 이상 갑주를 입지 않으리라 결심한 상태였다. 총독은 이신방이 왜구와 싸운 경험을 황제가 높게 평가한다고 설득했다.

사실 임진년 간에 명군은 조선 땅에서 왜군에게 별로 한 것이 없었다. 평양성 공략도 명군보다는 조선의 의병과 승군이 나선 것이고 그나마 남병의 포병들이 성 함락에 결정적인 공을 세웠다. 조선 땅 벽제관에서 이여송의 기병은 왜군에게 대패하였다. 계속 이신방은 고개를 저었다.

'누구를 위한 싸움이란 말인가?'

이신방은 속으로 생각했다. 나의 전쟁이 아니었다. 이 전쟁은 황제의 전쟁이었다. 총독은 이신방에게 사정하다시피 말했다.

"양원의 부관으로 임명하니 조선 땅 남원으로 출병하라는 황제의 엄명이다."

총독의 이 말에 이신방은 크게 흔들렸다. 사람의 마음이란 알 수 없는 것이었다.

'남원이라.'

'남원이라.'

이신방의 마음이 크게 흔들렸다. 생각과 다르게 마음이 움직였다. 이신방이 출병을 결정하자 집안이 발칵 뒤집혔다. 아들과 손자들은 눈물로 이신방을 제지했다. 둘째 아들은 자신이 아버지의 군역을 대신하겠다고 했다. 이신방이 고집을 꺾지 않자 급기야 등령은 이신방에게 하지 말아야 할 말까지 하고 말았다.

"정녕 나무기러기를 찾아 가시렵니까?"

등령이 평생 가슴 속에 묻어온 말이었으리라. 이신방은 대꾸하지 않았다.

"그래도 가신다면 부부와 부자간의 연을 끊고 가십시오."

이신방은 그래도 대꾸하지 않았다. 마음자리가 가는 길은 이신방도 알 수 없었다. 이신방이 영파를 떠나 조선으로 출병하는 날 등령은 끝내 얼굴을 비치지 않았다.

*

영파에서 남방군 오백을 인수하여 떠난 지 한 달 보름 만에 북경에 도착했다. 황제가 살고 있는 궁에 인사하고 다시 북경을 떠나 두 달 만에 조선 땅 남원에 도착했다. 조선의 여름 유월이었다. 남원이 훤히 내려다보이는 고갯마루에 올랐다. 우측으로는 산성이 제법 꼴을 갖추었고 읍성도 제법 큰 규모로 자리를 잡고 있었다. 남원이 호남에서는 소경小京이었다더니 그럴싸했다. 남쪽으로는 길게 산맥이 뻗어있었다. 조선인 접반사는 그 산을 지리산이라 했다. 드디어 남원에 온 것이다.

조선은 이신방에게는 흰옷 입은 사람들로 기억되었다. 조선과의 국경에 있는 큰 강을 건너서부터 흰옷 입은 사람들이 보였다. 조선도 비단옷을 입은 사람이 없지는 않았지만 면화로 짠 흰옷 입은 사람들이 사는 나라였다. 북에서 남으로 내려오면서 집은 나무로 만든 집에서 짚으로 만든 집으로 바뀌었다. 성 안을 제외하고 기와를 얹은 집은 찾아보기 힘들었다. 북에서 남으로 내려오면서 소나무와 대나무가 많아지기 시작했다. 남원에 오자 비로소 동백나무가 보이기 시작했다. 남원의 산 풍경은 영파와 별로 다르지 않았다. 다만 귤나무가 보이지 않았을 뿐이었다. 조선의 산하는 청량했다. 이신방은 이처럼 푸른 하늘을 본적이 없었다. 또한 남으로 내려오면서 이처럼 넓은 논을 본 적이 없었다. 산은 적당히 높고 강은 적당히 넓었다.

전쟁이 아니라면 이대로 눌러앉아 살고 싶은 땅이었다. 그러나 길가에서 본 조선의 백성들은 피골이 상접했다. 전염병이 창궐하여 길거리에서 사람 구경하기가 어려웠다. 조선 백성들은 명군 보기를 귀신 보듯이 무서워했다. 길거리에는 개한 마리 눈에 보이지 않았다. 명군을 보면 도망가기 바빴다. 처음에는 이신방이 조선 백성들의 그런 모습에 화가 났다.

조선 땅 전주라는 곳에서 이신방은 부총병 양원과 만나 그 부대에 합류했다. 양원은 애써 거드름을 피웠다. 이신방을 처음 보는 척했다. 그러나 이신방은 양원을 한 눈에 알아보았다.

'건방진 놈.'

이신방은 속으로 생각했다. 이신방도 양원을 모른 척했다. 사실 양원은 이신방보다 한참 나이가 어렸다. 이신방은 양원을 요동에서 처음 보았다. 그때는 양원이 이여송의 부장이었다. 이여송은 이신방을 굉장히 어려워했다. 부친 이성량에게 이신방의 이야기를 자주 들었기 때문이다. 이여송은 부친의 경쟁자였던 척계광의 신봉자이기도 했다. 아직 출간되지도 않은 기효신서를 필사해 와서 이신방에게 물어보기도 하는 싹싹한 구석이 있었다.

그때 이여송 곁에 붙어서 입안의 혀처럼 굴던 놈이 양원이었다. 이여송이 이신방보다 다섯 살이나 어리니 양원은 한참 어린 나이였다. 직급도 이신방보다 한참 아래였는데 이제는 이신방의 상관이 된 것이다. 양원은 뒤룩뒤룩 살이 올라 나이를 가늠할 수 없는 인상이 되었다. 이신방이 형식적으로 인사하고 말을 접자 양원이 불쾌한 표정을 지었다. 그러나 이신방의 이름이 워낙 유명해서 양원도 이신방에게는 함부로 하지 못했다. 양원의 부하 중에서 이신방이 가장 노장이었다.

남원에 들어오고 나서 이신방은 안절부절 마음이 들떴다. 내성에 군영이 차려졌고 이신방도 명군 장수들을 위해 따로 마련된 숙소에 짐을 풀었다. 숙소에는 현판에 제법 그럴싸하게 '용성관'이라고 해서체로 쓰여 있었다. 용성관 뒤쪽 집은 기와를 얹은 번듯한 집이었는데 마당이며 집안이며 온통 피난 온 조선 백성들로 그득했다. 현판에 대방객관이라 쓰여 있었다.

'객관이라?'

이신방은 짐히는 바가 있어 객관으로 서둘러 들어갔다. 객관 마당에 칼을 찬 명군 장수가 나타나자 백성들이 일제히 입을 닫았다. 아이를 안은 아낙은 급히 방으로 들어갔다. 방문이 하나씩 닫히기 시작했다. 마당이 조용했다. 그때 나이가 지긋한 한 노인이 이신방에게 다가와 절을 했다.

"어서 오십시오, 대방객관 윤 객주입니다."

유창한 명국 말이었다. 두 사람의 눈빛이 허공에서 교차되었다. 이신방은 금방 삼십오 년 전 영파 고려관에서 만났던 그 윤 객주를 기억해냈다. 윤 객주가 이신방을 접견실로 안내했다. 의자를 권하고 조선차를 내왔다.

"인사가 늦었습니다. 먼 길 오시느라 고생하셨습니다. 저는 대방객관의 객주 '윤문상'이라 합니다."

윤 객주가 잔잔하게 웃었다. 머리는 이미 하얗게 세었으나 그 젊은 날의 풍채가 아직도 남아있었다. 이신방이 천천히 입을 열었다.

"이신방이라 하오."

윤 객주의 눈이 휘둥그레져서 들고 있던 찻잔을 손에서 떨어뜨렸다. 당황한 눈빛이 역력했다.

"혹시 영파의 이신방?"

윤 객주가 말꼬리를 흐렸다. 이신방이 고개를 끄덕거렸다. 찬모가 흩어진 찻잔을 훔쳤다. 윤 객주가 이신방을 윤 객주의 사저로 청했다. 이신방이 잠자코 윤 객주의 뒤를 따라 방으로 들어갔다.

이신방이 영파에서 진이를 기다리고 있던 그 사이 조선에 변고가 생겨 그해부터 오 년 동안 큰 바다로 배를 띄우지 못했다. 남원 상단도 겨우 대마도를 오갈 정도였다. 그 동안 최진은 애를 태웠다. 부모를 만나고 중국으로 가겠다고 이미 허락을 받아놓은 상황이었지만 막상 배가 영파로 뜨지 못했다. 진이의 가슴이 하루하루 타들어가기 시작했다. 육 년 만에 바닷길이 열려 윤 객주가 영파에 가게 되었는데 그만 최진이 크게 아파 영파로 같이 갈 수 없었다.

최진은 이신방에게 쓴 편지를 윤 객주에게 전했다. 영파에 도착한 윤 객주가 수소문하여 이신방의 집을 찾아가니 이미 이신방은 결혼하여 부인과 아들이 있었다. 이신방은 멀리 북방 국경으로 군역을 떠나 있었다. 차마 편지를 이신방의 부인에게 줄 수 없어 그냥 돌아왔다.

다시 영파에 갈 때는 진이 직접 배를 타고 갔다. 진은 이신방이 결혼한 소식을 듣고 크게 상심하였다. 어떻게든 이신방은 만나보고 싶었으나 이신방은 너무나 멀리 있었다. 마지못해 배를 타고 남원으로 돌아왔다. 진은 돌아오는 뱃전에서 영파를 한없이 바라보았었다.

그 이후에도 몇 차례 영파에 갈 때마다 이신방의 집을 방문했으나 이신방은 그때마다 북방에 있어 만나지 못하고 부인에게 '조선 상단 객주가 인사차 왔다.' 고 전하고 돌아왔다. 그로부터 오 년 뒤 즈음 나이가 삼십이 된 최진은 상처한 윤 객주의 후실로 들어왔다. 그 후 딸을 하나 낳았는데 산후통으로 고생하다가 삼 년 후에 세상을 등졌다.

윤 객주는 조곤조곤 그간의 이야기를 했다. 이신방은 억겁이 무너지는 심정으로 들었다. 이신방의 표정이 점점 흙빛으로 변했다.

"아내가 남긴 정표입니다. 혹시라도 뵙게 되면 전해 달라 하였습니다."

윤 객주가 나무기러기 한 마리가 달린 노리개를 이신방에게 건넸다. 이신방이 말없이 나무기러기 노리개를 받았다.

"아내가 유언하기를, 화장하여 그 가루를 영파 앞 바다에

뿌려주시라 하여 아내가 죽은 후에 그렇게 하였습니다."

윤 객주가 말을 마치고 울먹거렸다. 이신방은 하늘이 깜깜해지는 것을 느꼈다. 이신방은 조선에 온 목적을 잃어버렸다.

9장 /

만남

이신방은 병을 핑계대고 군영에 나서지 않았다. 아니 실제로 이신방은 혹독한 몸살을 앓았다. 이유 없이 열이 났고 사지에 힘이 빠져 움직이질 못했다. 잠을 자지 못했고 입맛이 없어 먹지를 못했다. 영파로부터 따라나선 부관은 '영감이 만리 길을 걸어와서 그런다.'고 걱정을 했다. 이신방은 그렇게 한 달을 용성관 객방에 누워있었다. 어쩌다 이런 지경이 되었는지? 이신방은 멍한 눈으로 천장만 바라보았다. 진이의 얼굴이 지워지지 않았다.

윤 객주가 사람을 보내 탕약을 지어보내기도 하고 인삼 넣은 죽을 보내기도 했다. 이 난리 통에 정성이 애처로워 먹어보려 했으나 죽이 목구멍을 통과하지를 못했다. '오지 말았어야 했다.'는 때늦은 후회가 밀려왔다. 등령의 말을 들을 걸 그랬다. 그러다 문득 그해부터 오 년 동안 이곳 객관에서 영파를 그리워했을 한 여인이 떠올랐다. 매일 영파로 배가 뜰 수 있을지 노심초사했을 여인이 떠올랐다. 그러다 병을 얻어 아픈 몸으로 긴 겨울을 넘겼을 여인이 떠올랐다. 이신방은 땅을 쳤다.

이신방은 지금까지 자신의 고통만 생각했다. 조선에서 오지 않는 배만 원망했었다. 그런데 여기 남원에서 영파로 가지 못해 절망했던 여인이 있었던 것은 생각지도 못했다. 이신방은 먼저 결혼했고 그 소식을 들은 여인이 절망했다. 그 여인의 한숨이 절절하게 느껴졌다. 숱한 여름과 겨울의 절망이 이신방을 옥죄었다. 이신방의 눈에서 눈물이 주르륵 흘렀다.

왜군이 가까이 오고 있었다. 이신방은 털고 일어났다. 이신방이 누워있는 동안 조선인 접반사와 남원 고을 수령이 한두 번 문안을 왔을 뿐 양원은 코빼기도 보이지 않았다. 모승선과 장표가 다녀갔다. 양원은 오히려 이신방이 드러누운 것을 반기는 형국이었다. 그 사이에 교룡산성을 파하고 내성으로 모든 군사와 물자를 옮겨왔다.

이신방이 '교룡산성에서 왜군과 싸우는 것이 병법의 기본이다.'고 이미 양원에게 진언했었다. 양원은 이때다 싶어 이신방이 누워있는 동안에 잽싸게 해치운 것이다. 그런 사정을 이신방이 모르는 바 아니다. 그러나 양원은 이신방의 말을 들을 위인이 못되었다. 양원은 이신방이 데려온 남방병 오백에 북방병 오백을 더해 동문을 수비하게 했다.

이신방이 전포를 차려입고 동문에 올랐다. 치를 손질하고 병사들이 동문 밖 해자를 보수하고 있었다. 전고를 쳐서 불러 모아 동문에서 병사들을 사열했다. 부관 추광명이 수행했다. 추광명은 낙향하여 태주에서 고기를 잡던 중 이신방이 노구를 이끌고 조선으로 출병한다는 소식을 듣고 영파에서부터 동행했다. 고마운 놈이었다. 과거의 척가병은 이신방과 부관 둘 뿐이었다. 병사들의 반은 이번 전쟁이 처음인 신병들이었다. 그래도 남방에서 온 병사들은 이신방이 털고 일어나자 안심하는 눈치가 역력했다. 이신방과 함께라면 승산이 있는 싸움이라는 믿음이 남방병들 사이에는 있었다.

그러나 어디에도 척가병은 없었다. 추부관이 그나마 병사들을 다잡고 있었다. 북방병들도 이제는 전설이 되어버린 척가병의 원앙진을 그리워하고 있었다. 왜군은 섬진강을 건넜다고 했다. 십만 명의 대군이라고 했다. 조만간 지리산을 넘어올 것이다. 이제 훈련시킨다고 될 일이 아니었다. 그러나 이신방은 뭔가를 해야 했다.

동헌에는 명나라에서 가져왔다는 긴 탁자가 놓여 있었다. 상석에 양원이 앉고 그 왼쪽 줄에는 이신방, 장표, 모승선이 차례로 앉아 있고 오른쪽 줄로는 조선인 장수가 여럿이 앉았다. 조선인 접반사가 양원의 오른쪽에 앉고 접반종사라는 자가 왼쪽에 앉았다. 양원 뒤에 통역사가 무릎을 꿇고 있었다. 이신방은 양원이 고집을 부려 한성에서부터 수레에 싣고 온 탁자를 보자 실소를 금치 못했다. 전쟁 통에 탁자라니 이신방은 속으로 혀를 끌끌 찼다. 양원의 갑옷은 화려하다 못해 금빛으로 출렁거렸다.

해 뜰 무렵 교룡산성에서 전투가 있었다. 양원이 닦달하고 통역이 하는 말을 들어보니 교룡산성에 처영이 남아 있다가 왜군의 전초부대를 섬멸한 모양이었다. 과연 처영이라고 이신방은 생각했다. 승려 처영의 이름은 북경에 자자했다. 조선에는 이순신과 처영만 있다고들 했다.

그러나 막상 조선에 나와 보니 사정은 그렇지 않았다. 이순신은 파직되어 백의종군했다. 의병들을 해산시켜 관군으로 만들었고 의병장을 때려죽였다. 조선의 중신이라는 놈들은 명군의 출병만을 눈물로 호소했다. 어찌나 눈물이 많던지 할 줄 아는 거라고는 우는 것밖에 없었다. 구차한 놈들이었다. 선조라는 조선왕 이연 또한 구차하기는 일반이었다. 역겨운 놈들이었다.

척계광은 결국 구 년 전에 고향에서 병으로 죽었다. 기실은 황제가 죽인 것이다. 조선이나 명이나 충신은 살려 두질 않았다. 황제의 주변에는 충견만이 득실거렸다. 조선의 왕도 마찬가지였다. 남원성에 들어온 조선 군사들은 겨우 천 명이 안 되었다. 그나마 의병이 오백이라 했다. 도대체 조선의 관군은 전부 어디로 간 것인가? 이신방은 겨우 조선장군 이복남의 이름을 들었을 뿐이다. 한 눈에도 이복남이 누구인지 알 수 있었다. 무인은 무인이 알아보는 법이다.

*

동헌 밖이 사람들의 소리로 시끄러웠다. 노랫소리도 들리고 북이며 징소리도 들렸다. 문이 열리고 승려가 한명 들어왔다. 처영인 모양이다. 한 눈에도 도력이 만만치 않아보였다. 조선의 승려들은 무술실력이 출중하다고 했다. 처영의 형형한 눈빛이 매서웠다. 조선장수들이 양원에게 꼼짝을 못하고 기가 죽어 있었지만 처영은 담담했다. 양원이 처영을 시기하는 듯했다. 양원은 원래 그런 작자였다. 양원이 뭐라고 지시하자 잠시 후에 젊은 조선인이 한명 들어왔다.

"한물이라 합니다."

조선인 한물이 양원을 향하여 고개를 숙이고 반듯이 섰다. 짙은 눈썹에 각진 얼굴이었다. 단단한 몸이었다. 이신방의 기억속으로 갑자기 이름이 하나 떠올랐다.

'한원영!'

조선인에게서 한원영의 얼굴이 겹쳐졌다. 닮아도 너무나 닮았다. 이런 인연이 있단 말인가? 이신방은 유심히 조선 젊은이를 지켜보았다. 조선인 접반종사라는 자가 양원을 대신해서 한물을 닦달하기 시작했다. 기분 나쁜 놈이었다.

"대방관이라면 역적 정여립이 역적모의를 했던 도관이 아닌가? 그 도장의 관장 한원영은 목이 달아났을 터인데 너는 한원영과 어떤 관계이냐?"

이신방은 탄식을 하며 천장을 올려다보았다.

'한원영도 역적으로 몰려 죽었구나.'

이신방은 입맛이 씁쓸해졌다. 꼭 한번 만나게 된다면 목숨을 구해준 그에게 은혜를 갚으려했는데 한원영도 이미 이세상 사람이 아니었다. 또 한명의 영웅이 대신들의 농간에 쓰러진 것이다. 이신방은 허탈한 마음을 다잡았다. 한물의 긴장된 표정이 보이고 이를 악무는 모습이 읽혀졌다.

"소인은 한원영과 일면식도 없소이다. 나는 윤한물이오."

한물이 대답했다. 뭐라고 더 실랑이를 하더니 한물은 물러갔다. 이신방이 그런 한물의 뒷모습을 유심히 바라보았다. 접반종사도 족제비눈을 하고 한물의 뒷모습을 쳐다보았다. 양원이 왜군 포로들 목 치는 것을 보러 내려가자 사람들도 우르르 왜군 목 치는 것을 보러 갔다.

만력 이십오년 정유년 팔월 열하루 술시, 남원성

남원성에 어둠이 내렸다. 오전의 소란이 끝나고 왜군 포로의 목을 친 피 냄새도 잦아들었다. 처영은 다시 의승군을 이끌고 교룡산성으로 돌아갔다. 양원도 처영을 어쩌지 못했다. 이신방은 당연한 결정이라고 생각했다. 처영은 교룡산성으로 가기 전에 동문으로 이신방을 찾아왔다. 이신방은 처영에게 공로를 치하하고 교룡산성을 단단히 지키며 위 아래로 호응하자고 처영에게 말했다. 처영은 이신방에게 깊게 절하고 돌아갔다.

남원성에 피난을 왔던 많은 백성들이 처영을 따라 교룡산성으로 갔다. 살아남을 자리가 남원성인지? 교룡산성인지? 백성들도 궁금해 했다. 그러나 지금 교룡산성의 병력으로는 산성을 지키기 어렵다. 남원성의 전 병력이 교룡산성에서 왜군을 맞이했다면 필승의 형세였다. 이신방은 안타까운 마음에 씁쓸한 심정이 되었다.

교룡산성에 있었던 의병은 돌아가지 않고 남원성에 남았다. 조선 젊은이도 남원성에 남았다. 북문에 배치되어 있는 것을 이신방이 확인했다. 북문은 조선군이 지켰다. 양원은 왜군의 목을 소금에 절여 바로 전주로 보냈다. 척후의 보고에 의하면 내일쯤 왜군이 남원으로 들이친다고 하였다.

이신방은 동문을 한번 순시하고 대방객관으로 갔다. 아무래도 확인해야만 직성이 풀릴 것 같았다. 늦은 시간이었지만 윤 객주가 웃는 낯으로 이신방을 처소로 맞았다. 밤이 늦었건만 대방객관은 어수선했다. 요즘 윤 객주가 양원을 접대하느라 고생이 많았다. 사실 이신방은 가능하면 윤 객주와 마주치지 않으려고 했다. 더 이상 진이를 떠올리기 싫어서였다.

그러나 한원영은 반드시 확인해야 할 일이었다. 자리에 앉자마자 이신방이 오늘 동헌에서 본 조선 젊은이를 보고 싶다고 했다. 윤 객주는 '그 젊은이는 본인의 아들이다.' 말하고 사람을 북문으로 보냈다.

윤 객주의 처소는 소박했다. 둘은 말없이 차를 마셨다. 조선의 차는 은은했다. 그러나 쓴 맛이 강했다. 잠시 후 젊은이가 방으로 들어왔다. 이신방에게 크게 절했다.

"윤한물이라 하옵니다."

한물이 이신방을 담담히 쳐다보았다. 볼수록 한원영이었다. 한원영이 분명했다.

"내 하나 묻겠다."

윤 객주가 한물에게 이신방의 말을 통역했다. 이신방이 한물을 노려보며 물었다.

"네놈이 정녕 윤 씨인가? 한 씨가 아니던가?"

그 말을 들은 윤 객주가 깜짝 놀랐다. 한물에게 통역하지 못했다. 한물은 두 사람의 눈치만 볼 뿐이었다. 다시 이신방이 물었다.

"네놈이 한 씨이기를 바라고 묻는 것이니 거짓 없이 고하라."

이 말을 들은 윤 객주가 한물에게 초소로 돌아가라 말했다. 어리둥절한 표정으로 한물이 절하고 방을 나갔다. 윤 객주는 한참동안 말을 하지 못했다. 놀란 마음을 가다듬은 윤 객주가 정색하고 이신방에게 조심스럽게 물었다.

"장군이 한원영을 어찌 아시는지요?"

이신방이 낯빛을 풀고 그냥 웃었다. 그러자 윤 객주가 결심한 듯 어렵게 대답했다.

"사실 한물은 한원영의 아들이고 이름은 한수라고 합니다."

한원영이 역적으로 몰려 죽은 사연과 한수를 양자로 거둬 한물로 키워온 이야기를 했다.

"부디 한물을 보살펴주십시오."

윤 객주가 이신방에게 고개를 조아렸다. 그러자 이신방이 한원영을 만나게 된 사연을 윤 객주에게 자세하게 말했다. 말할 때마다 윤 객주의 표정이 풀어졌다.

"참으로 기이한 인연이다."

이신방이 말했다. 윤 객주는 다소 안심하는 눈치였다. 둘은 한참을 한원영에 대하여 조심스러운 목소리로 이야기했다. 한물이 지난 계사년에 왜군 대장을 물리친 대목에 이르러서는 대견한 듯 이신방이 말했다.

"역시 그 아비에 그 아들이로다."

이신방은 지금까지 한원영과 같은 무골은 본 적이 없다고 말했다. 만일 한원영이 조선의 대장이 되었다면 육지에서도 이순신과 같은 대승을 거두었을 것이다. 참으로 안타까운 일이었다.

그때 방문이 버럭 열렸다. 누군가 큰 소리로 외쳤다.

"아버지!"

남장은 했으나 분명히 계집인 녀석이 문 앞에 있었다. 윤 객주가 이신방과 같이 있는 것을 보고 머리를 긁적였다.

"죄송합니다. 장군과 같이 있는 줄 몰랐습니다."

입으로는 죄송하다고 말하면서도 표정은 전혀 죄송한 표정이 아니었다. 상투를 틀고 전포를 입었으나 어둠속에서도 그 얼굴이 여자가 분명했다. 윤 객주가 들어오라 하자 들어와서 이신방에게 큰 절을 했다.

"윤초희라 합니다."

등잔불에 얼굴이 환히 드러났다. 초희가 이신방에게 밝게 웃으며 싱글거렸다. 이신방은 숨이 멎는 것 같았다. 진이가 아닌가? 진이가 웃고 있었다. 도저에서 머리를 뒤로 묶고 깔깔거리며 뛰어 다닐 때의 그 천방지축 진이가 지금 이렇게 이신방 앞에서 웃고 있었다. 윤 객주가 말했다.

"제 여식입니다."

윤 객주가 여식이 어미를 일찍 여의고 천방지축으로 자라서 선머슴이 되었다고 그 간의 사연을 말했다. 이신방은 멍하니 초희를 바라보았다. 그런 이신방을 초희는 싱글싱글 바라보기만 했다.

"그대의 어미 이름이 어찌되는가?"

이신방이 겨우 더듬거려 말했다. 초희가 유창한 명국말로 대답했다.

"母亲叫崔真 (어머니는 최진입니다)"

초희가 싱글거렸다.

"崔真 (최진)"

이신방이 중얼거렸다.

"是的 (예)"

초희가 여전히 싱글거리며 종알거렸다. 짙은 머릿결, 반듯한 이마, 곱게 자리 잡은 눈썹, 적당한 눈, 그리고 수정보다 깊은 눈동자, 다소 고집스러운 듯한 코, 오물거리는 입술, 둥실한 볼, 그리고 턱 아래 백옥같이 하얀 목 선. 이신방이 그날 오봉선 안에서 목탄으로 그렸던 그 얼굴이 눈앞에 나타났다.

이신방이 비칠거리며 일어났다. 더 이상 그 자리에 앉아 있기가 힘들었다. 뭔가 생각할 시간이 필요했다. 윤 객주가 더 있다 가라고 했으나 이신방은 부녀간의 시간을 뺏을 수 없다고 한사코 자리를 박차고 일어났다. 하긴 내일이면 부녀도 영영 이 세상과 이별을 해야 할지도 모르는 형편이었다. 초희가 이신방의 뒤통수에 대고 무어라고 인사했다. 그 목소리가 이신방의 가슴에 박혔다. 뒤돌아가 초희를 덥석 안고 싶었다. '진이야!' 부르며 와락 안아보고 싶었다. 겨우 그 충동을 누르고 걸음을 옮겼다.

대방객관에서 용성관으로 오는 길이 천리 길 같았다. 겨우 전포를 벗고 자리에 누웠다. 아마도 자리에 누워보는 것은 오늘이 마지막 날이 될 것이었다. 이신방은 잠을 자지 못했다. 한원영의 아들을 만났다. 그리고 진이의 딸을 만났다. 이게 무슨 운명의 장난이란 말인가? 막상 만나고자 했던 인연은 이미 끊어졌고 다른 인연이 눈앞에 나타난 것이다.

진이를 만나기 위해 만리를 걸어 여기까지 왔다. 그런데 진이는 없고 진이의 딸을 만났다. 아니 진이를 만났다.

'진이를 만났다.'

이신방은 생각을 했다.

'살아야겠다.'

'이 전쟁을 반드시 이겨야겠다.'

이신방은 조선에 온 목적을 다시 찾았다.

10장 /

희망

만력 이십오년 정유년 팔월 십삼일 술시, 남원성

"打那 ! (이겼다!)"

서문과 남문에서도 함성이 터지고 남문에서는 총통을 하늘로 쏘아 올렸다. 이신방은 부관에게 승전고를 울리게 했다. 북소리가 요란하게 울렸다. 불꽃놀이와 같은 화전이 보름달을 향해 쏘아졌다. 교룡산성에서도 호응하듯이 화전이 쏘아져 올랐다. 한식경 전부터 멀리 남원성 북동쪽 덕유산 자락의 산이 붉게 타올랐다. 봉화같이 벌건 것이었다. 천둥치는 폭발음이 들리기도 했다. 산불이 크게 번진 것 같았다. 전령에 따르면 왜군이 또 처영의 기습에 말려 전멸한 것이다.

'또 처영인가?'

이신방은 속으로 생각했다.

"만세!"

북문에서 조선 병사가 외치는 소리가 동문까지 들렸다. 만세 소리가 남원성에 가득 찼다. 좋은 징조였다. 이신방은 숱한 전투에서 병사의 사기가 얼마나 중요한가를 뼈저리게 알고 있었다. 왜군은 육만이고 아군은 사천이지만 해볼 만한 싸움이었다. 이신방은 어쩌면 이 전쟁에서도 살아남아 영파로 갈 수 있을 것 같다는 희망을 품게 되었다. 이제야 겨우 병사들도 숨통이 트이는 듯했다.

*

이신방은 오늘 일부러 성벽을 따라 성을 한 바퀴 순찰하였다. 사실은 초회를 한번 보기 위해서였다. 북문 루에 가자 조선 장군 이복남이 나와 인사했다. 이신방도 마주보고 절했다. 이신방은 이복남의 얼굴에서 친근함을 느꼈다. 얼핏 한원영의 모습이 스쳐가기도 했다. 이복남 옆에는 이순신과 같이 싸웠다는 장수가 있었다. 자신을 신호라고 소개했다. 이신방은 이순신의 안부를 물었다. 그 장수는 금세 분루를 삼키며 말했다.

"이순신이 다시 수군을 재건하고 있습니다."

어쩌면 남원을 지키면 이순신도 바다를 지킬 수 있을 것 같았다. 천천히 걸어 북 일치 쪽에 가자 한물이 먼저 이신방을 발견하고 나와 인사했다. 그 옆에 한 떼의 젊은이들이 붉은 머리띠를 매고 잿빛으로 물들인 승복차림으로 부복했다. 그 중 한 명은 키가 거의 한물의 두 배였고 노란 머리를 길게 길러 머리띠로 묶었다. 이신방은 진린의 수군에 배치된 남방병 해귀海鬼들이 생각났다. 노란 눈동자에 얼굴빛과 온몸이 검고 턱수염과 머리카락은 곱슬했다. 해귀라는 이름은 수일 동안 물속에 있으면서 바다 밑에서 적의 배를 공격한다고 해서 붙여진 이름이었다.

찾고 있던 초희는 그 옆에 서 있었다. 푸른색 겉옷을 걸쳤다. 머리는 상투를 틀어 끈으로 묶었다. 미소로 살짝 벌어진 이가 석류알 같았다. 이신방의 표정이 절로 밝아졌다. 초희에게 말 걸기가 어색하여 이신방이 노랑머리 청년에게 이름을 묻자 날름 초희가 대답했다.

"금아라고 합니다."

초희가 생글거렸다. 난리 통에도 젊음은 싱그러웠다.

"활을 쏠 줄 아느냐?"

이번에는 이신방이 초희에게 걱정스러운 눈빛으로 물었

다. 초희는 자기가 교룡산성에서 벌써 두 명의 왜군을 사살했고 자신의 칼 솜씨는 해동 최고이라고 하면서 도저에서 그의 어미가 했던 것처럼 손짓 발짓 해가며 조잘거렸다. 그러면서 옆에 있는 한물에게 동의를 구했다. 둘러선 청년들이 그런 초희를 바라보며 웃었다. 그 조잘거리는 소리가 도저에서 뛰어다니며 조잘거리던 진이 목소리와 같았다.

이신방이 초희의 손을 한번 슬며시 잡았다. 손이 조막만했다. 이 손으로 어찌 왜군과 싸운단 말인가? 할 수만 있다면 초희를 동문으로 옮겨 곁에 두고 보살피고 싶었다. 그리고 노랑머리의 손도 한번 잡았다. 손이 따뜻했다. 노랑머리는 쌍꺼풀진 눈을 끔벅거렸다. 마지막으로 이신방이 한물의 등을 두드리고 서문 쪽으로 걸어갔다. 초희가 이신방의 등 뒤에서 조잘거리는 소리가 들렸다. 이신방은 살고 싶다는 생각이 불끈 솟았다.

*

만력 이십오년 정유년 팔월 십삼일 삼경, 남원성

한 번의 공격을 막아냈다. 왜군은 남원성을 포위하고 처음으로 성을 공격해 왔다. 밤이었다. 이경쯤이었다. 왜군의 대조총과 조총은 강력했으나 성벽을 부수지는 못했다. 불랑기포와 총통으로 응사했다. 왜군은 겨우 성벽에 한번 붙었다가 후퇴했다. 동문 앞 해자에는 왜군의 피가 흥건했다. 명의 군사도 몇 명이 다치고 죽었다. 그러나 처음 싸움에서 크게 이겼다. 부상자를 대방객관으로 보내 치료하게 하고 사상자는 갑주를 벗겨 조선군에게 보내고 빈자리를 조선인 의병으로 채웠다. 병사들에게 밥을 먹이고 한 바퀴 동문을 순찰했다. 병사들의 눈에서 희망을 보았다. 좋은 징조였다. 영파에서 온 어린 신병이 이신방에게 와서 인사하더니 슬쩍 이신방의 손을 잡았다.

"謝謝"

"謝謝"

연신 고맙다고 인사했다. 무엇이 고마운 걸까? 이신방이 소년병의 머리를 쓰다듬었다. 이신방이 소년병의 이름을 물었다. 소년병의 이름은 소현이었다. 이신방은 좋은 이름이라고 칭찬해 주었다. 소현이 어깨를 으쓱하며 돌아갔다. 이신방이 처음 척가병에 들어갔을 때가 생각났다. 문득 마웅 대장이 생각났다. 마웅은 이신방에게 아버지 같은 존재였다. 장수는 병사들의 아버지이다. 아버지가 든든히 서야 가정이 든든한 법이다. 병사들은 이신방에게서 안도감을 찾았다. 이제는 병사들도 전부 이신방이 왜구와 싸워 크게 이긴 것을 전부 알고 있었다. 삼천 군사로 이만의 왜구를 물리쳤으니 이번에도 이길 것이라 생각했다. 이신방은 북문 쪽을 바라보았다.

'초희가 다치지는 않았을까?'

이신방은 조바심이 났다. 이신방이 북문 쪽에 부관을 보내 소식을 몰래 알아오게 했다. 초희는 무사했다. 한물도 무사했다. 생각보다 북문을 지키는 조선 병사들은 강했다. 오히려 갑주를 입지 않은 의병들이 잘 싸웠다.

*

이신방은 병사들에게 엄격했다. 이신방군에 배치된 병사들은 처음에 모두 이신방을 뒤에서 욕했다. 이신방은 절대로 조선인을 괴롭히지 말 것을 명령했다. 명군은 조선에 들어와서 마치 점령군처럼 행동했다. 군량을 확보한다는 명분으로 양민을 약탈했다. 함부로 저항하는 백성을 죽이고 부녀자를 강간했다. 전쟁이라는 명분이었다. 조선인들은 왜군보다 명군을 싫어했고 명군보다는 관군을 더 싫어했다. 그러자 명군도 조선인들을 싫어했다. 자기들을 지켜주기 위해 온 군대에게 배은망덕하다고 말했다. 은혜를 모르는 백성이라 했다. 그러니 자연히 전쟁에는 소극적이었다. 적당히 싸우다 목숨을 보전하여 고향으로 돌아갈 꿈만 꾸었다. 그러나 이신방은 엄격하게 군율을 세웠다. 부녀자를 강간하다 걸리면 손을 자르고 명으로 돌려보냈다. 남원성에 들어와서도 강간하려다 걸린 명군 둘이 공개적으로 곤장을 맞았다. 서문과 남문의 명군들은 뜨악한 표정으로 동문에 배치되지 않은 것을 다행으로 여겼다.

양원도 이런 이신방을 막지는 못했다. 이신방은 원래 그런 인간이었다. 양식을 빌릴 때도 반드시 돈을 주고 사왔다. 조선인을 절대로 핍박하지 못하게 했다. 이신방이 먼저 주머니를 털었다. 부관 추광명이 이신방을 따라 했다. 뒤 이어 남방병이 이신방을 따라하고 서서히 동문에 자연스럽게 군율이 잡혔다. 그러자 조선 관군이 먼저 이신방에게 고개를 숙여왔다. 남원성에 소문이 퍼졌다.

"이신방은 명나라의 이순신이다"

소문이 돌았다. 백성들이 이신방을 보는 눈빛이 따뜻해졌다. 백성들은 누구에게라도 의지하고 싶었다. 이번에는 이신방에게 기대를 걸었다. 척계광 이야기를 조선의 광대들이 대방객관에 모인 백성들에게 침을 튀겨가며 이야기를 했다. 민심은 이다지도 출랑거리는 것이었다. 윤 객주가 이신방과 친

한 것도 이신방이 한물을 챙기는 것도 금방 소문이 퍼져나 갔다. 처음에는 뜨악한 표정으로 물과 기름처럼 겉돌던 명군과 조선군도 서로 마음을 열기 시작했다.

아낙들이 밥통과 국통을 성벽까지 날라와서 병사들에게 나누었다. 할머니의 주름진 손이 명나라 병사들 손을 부여잡고 "고맙다", "고생했다", "아이고 내 새끼 같다."말하고 돌아다녔다. 명군이 그런 할머니의 손을 잡았다. 고향의 노모를 생각했다.

'이겨야 한다.'

이신방은 이 병사들을 다시 영파의 부모와 자식에게 돌려보내야 했다. 어떻게든 이겨야 했다. 이신방은 발길을 용성관으로 돌렸다.

*

"왜군과 협상을 하시겠단 말이요?"

양원이 황급히 팔을 저었다.

"아니 내 뜻이 그렇다는 것이 아니고…."

양원이 얼버무렸다. 그렇지 않아도 왜군의 전령이 서문을 통해 양원에게 서신을 전했다는 말을 모승선에게 직접 듣고 따지러왔는데 양원이 먼저 넌지시 협상 운운한 것이다.

"있을 수 없는 일이오."

이신방이 한 마디로 잘라 말했다. 양원이 백주를 한 잔 입에 털어 넣었다. 이신방은 원래 술을 즐겨하지도 않지만 전투에 임하면 술을 끊었다. 그러나 양원은 술을 입에 달고 살았다. 요동에서부터 공수해온 독주였다. 이신방이 눈살을 찌푸렸다. 양원이 이신방에게 물었다.

"중군장, 이 싸움 이길 수 있다고 보는가?"

이신방은 대답하지 않았다. 이신방이 대답이 없자 양원은 슬슬 속내를 털어놓기 시작했다.

"조선은 썩을 대로 썩어서 망해야 마땅한 나라다. 자네도 조선 왕 이연이 하는 꼴을 보지 않았던가? 그런 나약한 임금이 다스리는 나라가 어찌 버티겠는가? 그리고 양반이라는 작자들이 나라를 말아먹고 있지 않은가? 조선 백성들이 불쌍하지 않은가? 지난 오 년 간 나는 조선 팔도를 돌아보면서 생각했다. 이 전쟁은 나의 전쟁이 아니다. 명분이 없는 전쟁이다."

양원이 다시 백주를 들이켰다. 혀가 꼬여가기 시작했다.

"나는 조선은 관심이 없다. 조선 백성에도 관심이 없다. 나는 내 군사들을 데리고 무사히 요동으로 돌아가는 것에만 관심이 있다. 내 병사들이 여기서 흘리는 피는 아무 의미가 없다. 중군장, 그렇지 아니한가?"

양원이 이신방에게 소리쳤다. 사실 이신방도 조선의 왕을 지키는 싸움은 명분이 없다고 생각하고 있었다. 조선의 왕은 자기 자신의 자리보전에만 관심이 있었다. 명군이 목숨을 걸고 싸울 이유는 없었다.

"부장, 왜 조선 땅 남원에서 싸워야 하는가?"

양원이 대답해 보라고 이신방을 압박했다. 이신방도 마땅히 대꾸할 말이 없었다.

"국록을 먹는 자는 의심하지 않는 법이오."

이신방이 대답했다. 이신방은 대답이 적절했는가? 의문이 들었다. 그 스스로도 요즘 그런 생각을 하고 있었기 때문이다. '왜 싸우는가?' 답답해졌다. 양원은 푸하하 웃으며 횡설수설했다. '역시 이신방이야.' 생각하면서 비아냥거렸다.

"충분히 이길 수 있는 싸움이오. 부총병."

이신방은 양원에게 한 마디 남기고 돌아 나왔다. 돌아 나오는 발걸음이 무거웠다. 명군 삼천이 총력을 다 해도 승리를 장담할 수 없는 싸움이다. '대장이라는 자가 저런 생각을 가지고서 발을 뺄 생각만 하고 있다면 어렵다.' 이런 생각이 들자 이신방은 다시 가슴이 답답해졌다.

왜군이 두 번째 공격을 해왔다. 이번에는 제법 매섭게 몰아쳐왔다. 한때 성벽을 기어오르는 왜군과 백병전이 벌어지기도 했다. 왜군은 해자를 메우고 운제를 끌고 성벽에 올라왔다. 동문의 피해도 컸다. 이신방은 운제를 부수는데 집중했다. 화전을 운제에 집중시켰다. 불랑기포로 운제를 부수었다.

조선 의병들의 활약이 컸다. 기름을 끓여 성벽에서 옹기에 담아 던졌다. 운제가 불에 탔다. 동문은 먼저 왜군이 후퇴했다. 전세를 살펴보니 서문 쪽이 가장 고전하는 것 같았다. 북문 쪽에서 서문으로 조선 병사들이 달려가는 모습이 보였다. 초희의 모습이 보이는 것도 같았다.

그때 양원이 기병을 소집하는 것이 보였다. 서문과 남문에서도 기병이 동문 앞으로 모이기 시작했다. 이신방이 급히 동문으로 나갔다.

"총병, 아니 되오. 성문을 열고 나가면 안 됩니다."

이신방이 양원을 제지했다. 양원이 막무가내로 소리쳤다.

"이래서는 승산이 없다. 사기만 떨어질 뿐이다. 기병으로 쓸어버리자. 문을 열어라!"

동문이 열리고 명군 천 명이 쏟아져 나갔다. 이신방은 동문 망루에 서서 왜군 진영을 바라보았다. 동문을 나온 명군은 동문을 좌에서 우로 한 바퀴 돌고나서 말머리를 돌려 두 마장 정도 떨어진 요천 다리 너머 왜군의 본대를 노렸다.

"돌격하라! 우키타의 목을 쳐라!"

양원이 다리 너머 붉은 투구가 번쩍이고 휘장이 요란한 우키타의 군막을 향해 소리쳤다. 명군의 기병이 일제히 우키타의 본진으로 달려갔다. 왜군이 썰물처럼 죽 갈라졌다. 양원의 기병이 기세 좋게 왜군을 짓이겨가며 왜군의 본진 깊숙이 들어갔다. 양원의 갑옷이 금빛으로 번쩍였다. 좋은 표적이 되었다. 이신방의 눈에 왜군이 벌써 명나라 기병의 출진을 눈치채고 다리 밑에 매복하고 있는 것이 보였다.

너무 깊숙이 들어갔다. 매복이다. 이러다가는 전멸이었다. 급히 징을 울리고 퇴각 나팔을 불었다. 그때 다리 밑에서 왜군 일대가 불쑥 올라왔다. 왜군의 조총이 일제히 불을 뿜었다. 명군의 말이 우수수 쓰러졌다. 조총은 연속적으로 다섯 번이나 불을 뿜었다. 기병 오백이 순식간에 쓰러졌다.

"후퇴하라! 후퇴하라!"

후미에 있던 양원이 서둘러 동문으로 후퇴했다. 이신방은 황급히 동문을 닫았다. 왜군은 해자를 넘어서 더 이상 성을 공격하지는 않았다. 돌아 온 수는 오백에 불과했다. 왜군이 후퇴하다 조총에 맞아 벗겨져서 떨어진 양원의 황금 투구를 창끝에 매달고 돌아다녔다. 명군 오백의 머리를 쳐 창끝에 꽂아서 죽 늘어놓았다. 병사들의 사기가 갑자기 떨어졌다. 양원은 한번 이신방을 째려보더니 용성관으로 들어가 버렸다. 이신방은 한숨을 내쉬었다. 오백의 전력을 잃었다. 너무나 쓰라린 손실이었다. 왜군의 공격을 두 번째 방어했다.

11장

인연

빗속에 지유삼을 입고 서 있는 병사들이 공동묘지에 늘어
선 비석 같았다. 비가 오기 시작했다. 팔월 중순 보름이 내일
인데 조선은 벌써 추워지기 시작했다. 부관이 비도 오고 하
니 더 이상 공격은 없을 것 같다고 객관에 내려가 쉬기를 종
용했다. 그럴 수는 없는 노릇이었다. 이신방은 모든 것을 병
사들과 같이 했다. 그러나 나이는 속일 수 없는지 금방이라
도 쓰러지기 일보 직전이었다. 절로 한숨이 나왔다. 이신방
은 의자에 걸터앉았다. 빗줄기가 굵어지고 있었다. 이신방
은 성벽의 병사들을 두 개 조로 나누어 번갈아 쉬도록 했다.
병사들은 성벽 밑에 거적을 깔고 지유삼을 아예 뒤집어쓰고

잠을 청했다. 금세 코를 고는 병사도 있었다.

비가 쏟아지는 와중에도 성 아낙들이 밥통과 국통을 들고 성벽을 돌았다. 병사들이 달게 받아 먹었다. 그 중에는 남원 부사의 첩실이라는 천축여인도 보였다. 이신방은 멀리 영파 에 두고 온 부인 등령이 생각났다. 고개를 절레절레 저었다. 어쩌다 여기까지 온 것인지? 망루와 고루 외에는 횃불을 모 두 껐다. 드문드문 불이 밝혀졌고 어둠에 쌓인 남원성은 적 막했다. 그 너머 왜군 진영도 어둠이었다. 멀리 방암봉에 불 빛이 까닥거렸다. 어둠속에는 왜군이 웅크리고 있었다. 동문 망루의 횃불에 살짝 비친 해자의 물빛이 붉은색이었다.

밤새 장대비가 쏟아졌다. 이신방도 의자에 앉아 깜박 잠이 들었다. 그때 부관이 북을 울렸다. 성벽에 불이 일제히 밝혀 졌다. '꿍' 소리와 함께 이신방이 창을 잡았다. 그 와중에도 왜군은 빗줄기가 가늘어진 잠깐의 소강상태를 틈타 한 차례 성을 공격해왔다. 대조총을 쏘고 함성을 지르면서 사다리를 놓고 성을 기어올라 왔다. 기세는 비오기 전만 못했다. 비가 와서인지 조총소리가 뜸했다. 왜군의 고함소리도 빗소리에 흘러갔다.

이신방은 탄환을 아끼라고 했다. 불랑기포를 쏘지 말고 궐 장노에 쇠뇌를 걸어 쏘게 했다. 대완구에서 큰 돌을 날려 운제를 공격했다. 왜군은 불과 한 시진도 못 되어 후퇴했다. 명군은 거의 피해를 입지 않았다. 왜군은 멀찍이 진을 물리고 공격해 오지 않았다. 왜군의 공격을 벌써 세 번째 방어했다. 조선인들이 추석이라고 부르는 날이 밝아왔다. 슬슬 동이 터오기 시작했다.

만력 이십오년 정유년 팔월 십오일 묘시, 남원성 동문

성벽에 다시 밥통과 국통이 돌았다. 추석 명절이라고 하여 떡도 돌려졌다. 쑥을 넣은 절편이었다. 떡을 돌리는 조선 아낙들의 표정이 밝았다. 병사들이 천축여인에게 절했다. 농담을 하는 병사들도 보였다. 어쩌면 승리를 예감하는 것 같았다.

이신방도 떡을 한입 물어 보았다. 쑥 맛이 느껴졌다. 문득 영파의 물만두가 생각났다. 만두 속에 냉이를 잘게 썰어 넣어서 냉이 향이 입안으로 향긋하게 번졌던 훈둔의 맛이 떠오르자 갑자기 울컥하며 식욕이 돌았다. 이신방은 쑥떡을 맛있게 먹었다. 배부른 병사들을 보니 이신방의 마음이 좋아졌다.

북문 쪽에서 윤 객주가 남원부사와 같이 걸어오는 것이 보였다. 한물도 보였다. 남원부사가 이신방에게 와서 절했다.

"이역만리 조선을 구하기 위해 와주셔서 고맙습니다.

어느 틈에 천축여인도 남원부사의 옆에 서 있었다. 그 모습이 아름답게 보였다. 약간 짙은 얼굴빛에 짙은 눈썹, 날렵한 얼굴선과 무엇보다 아름다운 미소가 좋았다. 이신방은 은근히 그런 남원부사가 부러웠다. 병사들도 그런 마음이 들었는 모양이다. 천축여인을 바라보는 병사들의 시선이 은근했다. 남원부사는 갈 길을 가고 윤 객주와 한물이 남아 이신방에게 절했다. 이신방을 위해 따로 찐 생선과 고기 산적을 내놓았다. 술도 한 병 가져 왔다. 독하지 않고 향기로운 술이었다. 고향에서 먹던 소홍주가 생각났다. 은은한 맛이 소홍주에 비견할 만 했다. 이신방이 술을 입에 한번 대고 부관을 불러 병사들에게 보내 나눠먹게 했다. 병사들에게서 함성이 터졌다. "술 좋다." 는 소리가 들렸다. 윤 객주가 성벽의 병사들에게도 막걸리가 한잔씩은 돌았다고 말했다.

이신방이 한물을 쳐다보며 담담하게 말했다.

"자네 부친은 조선의 큰 장수였네."

절로 이신방의 얼굴이 밝아졌다. 윤 객주에게 그의 말을 전해 듣고 한물의 눈시울이 붉어졌다. 이신방이 한원영의 이야기를 했다. 윤 객주가 그 이야기를 한물에게 차분차분 옮겼다. 한물은 묵묵히 그 말을 들었다.

"한원영은 역적이 아니라 영웅이다."

이신방이 혼자 말을 했다. 윤 객주가 말을 옮기자 한물이 일어나 이신방에게 큰 절을 했다.

"고맙습니다. 이 은혜는 잊지 않겠습니다."

한물은 그날 이후 줄곧 감추고 부인하며 살아왔던 친아버지를 다시 찾은 것 같아 감격스러웠다. 이신방이 한물의 등을 두드렸다. 이신방은 큰 아들 이식을 생각했다.

이신방과 한물은 밥을 같이 먹었다. 한물이 생선의 뼈를 발라낸 살을 이신방에게 밀어놓았다. 이신방이 말린 숭어살을 달게 받아 먹었다. 이신방은 영파의 항구에 갯바람을 맞으며 짭조름하게 말라가던 숭어알이 생각났다. 진이의 얼굴이 스쳐갔다.

이신방은 이대로 전쟁이 끝난다면 좋겠다는 생각을 했다. 여기서 한물과 초희와 더불어 사는 것도 좋겠다는 생각을 했다. 이신방이 한물에게 물었다.

"한물아, 너는 누구를 지키기 위해 여기에 있느냐? 조선 왕을 지키기 위해서더냐?"

윤 객주로부터 전해들은 한물이 선뜻 대답하지 못했다. 한물의 처 수련이 한물에게 했던 질문이었다. 사실은 교룡산성에서 회의를 할 때 한물 자신이 대방계원들에게 했던 질문이기도 했다.

'누구를 지키기 위해 남원성에 있는가?'

조선의 왕은 한물의 아버지 한원영을 역도로 몰아 죽인 한물의 원수였다. 그 자를 지키기 위해 있는 것은 결단코 아니었다. 그러나 충忠이라 하지 않았던가? 나라를 지킨다. 한물은 아직도 그 답을 찾지 못했다.

"아직 답을 찾지 못했습니다."

한물이 힘없이 대답했다. 이신방이 한참을 생각하다 말했다.

"네 마음의 중심에 들어 있는 소중한 사람을 지키는 것이 충忠이니라."

그렇게 말하고 이신방은 담담하게 윤 객주가 가져온 차를 한잔 마셨다.

한참 후에 이런저런 이야기를 나누고 윤 객주와 한물이 이신방에게 절하고 대방객관으로 돌아갔다. 이신방은 자신에게 물었다.

'이신방, 네 마음속에 있는 소중한 사람은 누구냐?'

*

만력 이십오년 정유년 팔월 십오일 오시, 남원성

결정적인 기회가 왔다. 이신방은 전세를 직감했다.

'이번 싸움만 이기면 승산이 있다.'

오랜 전투 경험에서 나오는 판단이었다. 성 앞의 하천이 불어난 물로 갑자기 범람했다. 왜군의 포위망은 풀어졌고 북문 쪽 고지로 왜군이 황급히 후퇴하기 시작했다. 비는 내리고 있었고 조총은 젖었다. 이번 한 번의 싸움으로 남원성은 살아남을 것이었다. 양원은 술에 취해 있다. 승기를 놓치면 안 된다. 이제는 이신방이 결단을 할 때가 되었다. 부관을 불렀다.

"말을 준비해라. 말에 보호대를 씌우고 눈가리개를 해라. 기사병을 이백, 기창병을 이백 대기시켜라."

추부관의 눈빛이 빛났다. 급히 전고를 울렸다. 성벽에서 기사병과 기창병이 서문쪽으로 달려갔다. 대부분이 북방병이었다. 모처럼 북방병이 말을 탄다하니 병사들의 표정이 밝아졌다. 이신방이 모승선과 장표를 불렀다. 모승선과 장표는 이신방의 영을 따르기로 하였다. 모승선이 따로 기병 백을 모았다. 이신방은 남문 병사들을 전부 북문으로 가서 지원하게 하였다. 장표가 남문 병사들을 이끌고 북문으로 달려갔다.

이때 북문이 활짝 열렸다. 다리가 내려졌다. 북문에서 조선군의 기병이 쏟아졌다. '둥둥둥– 둥둥둥–' 전고가 빠르게 울려 퍼지고 진군 나발소리가 쉴 새 없이 울렸다.

"돌격하라! 짓밟아라!"

조선군 대장 이복남이 북문을 열고 말을 달렸다. 한물의 결사대도 말을 달렸다. 북문을 빠져나온 기병은 왜군의 대열을 그냥 밟고 지나갔다. 모처럼 달려 나온 말은 눈이 가려져서 두려움 없이 달려 나갔다. 왜군이 말발굽에 짓이겨졌다. 기병의 앞 대열에서 기창병이 창으로 대열을 흩으면 뒤 따라오는 기사병이 유엽전을 왜군의 가슴에 꽂았다. 이때 서문이 열렸다.

"요동의 병사들이여, 나가자!"

이신방이 소리쳤다. 서문으로 기병들이 쏟아졌다. 명군 기병 오백이 왜군들을 향교산으로 몰았다. 이제 두 줄의 기마대가 왜군을 휘젓고 다녔다. 피곤에 지친 왜군들이 무릎까지 올라오는 물에 빠져 허우적거렸다. 왜군들이 서로 밟고 넘어져 물에 빠져 죽고 밟혀 죽었다. 이신방은 당파를 들고 왜군을 밟았다. 요동에서 여진을 상대하던 실력이 발휘되었다. 이신방의 눈은 한물을 쫓았다. 이미 조선군은 향교산 언저리까지 왜군을 깊숙이 몰아붙였다.

멀리 조선 장수의 투구가 번쩍거렸다. 찾았다. 이신방은 말을 향교산 쪽으로 돌렸다. 한번 휘두르는 창에 왜군 두셋이 쓰러졌다. 이신방의 팔에 힘이 들어갔다. 왜군은 조총을 장전할 틈도 없었다. 기사병이 연신 활을 쏘아 왜군을 쓰러뜨렸다. 북문이 열리고 장표의 명군과 조선군이 해자 앞에까지 나와 일제히 활을 쏘았다. 화살은 쏘는 족족 뒤를 보이고 도망치는 왜군의 등에 가서 꽂혔다.

향교산 정상에 자리 잡은 시마즈가 사태를 파악하고 급히 명령을 내렸다. 조선군 대장 이복남을 집중 공격하라는 지시였다. 향교산에서 조총부대가 두 부대 이복남을 발견하고 이동하기 시작했다. 이복남도 상황을 파악하고 후퇴를 명령했다. 기수를 북문으로 돌렸다. 돌아오면서 좌우로 큰 원을 그리면서 이동했다. 왜군의 조총부대가 이복남을 조준하고 집중적으로 발사했다. 이복남은 무사했으나 이복남을 바짝 따르던 한물의 말이 조총에 맞아 넘어졌다. 한물이 활을 버리고 왜군의 칼을 집어 들고 왜군을 베기 시작했다. 결사대가 한물에게 몰려왔다. 그러나 금방 왜군에게 둘러싸이기 시작했다.

왜군 조총부대가 다시 장전을 마쳤다. 발사되기 직전에 이신방의 기병이 조총부대를 덮쳤다. 이신방은 조총부대를 흩어놓고 한물 쪽으로 말을 몰았다. 후퇴하던 이복남의 기병도 다시 한물 쪽으로 돌아왔다. 한물의 포위망이 깨졌다. 왜군이 흩어졌다. 이신방이 한물을 발견하고 손짓하자 한물이 훌쩍 이신방의 말에 올라탔다. 향교산에서 일제히 왜군의 대조총이 발사됐다. 한 번에 이십 개의 철환이 명군과 왜군에게 무차별적으로 쏟아졌다.

더 이상 진군은 무리였다. 이복남 기마대가 북문으로 들어왔다. 한물 결사대도 뒤를 이어 들어왔다. 마지막으로 사수들이 북문으로 들어왔다. 다리를 걷고 북문을 닫았다. 이신방의 기병도 서문으로 귀환했다. 왜군들은 멀리 향교산으로 후퇴했다. 남원성을 둘러싸고 있던 왜군들이 전부 포위를 풀었다. 다시는 나가지 못하리라 생각했던 문을 열고 나가 왜군을 밟고 오니 감개무량했다. 병사들이 먼저 만세를 불렀다. 집에 숨어 있던 노인과 부녀자들 어린애들까지 전부 북문에 나와 만세를 불렀다. 사람들의 표정이 일시에 밝아졌다.

"이복남 장군, 만세!"

"한물 장군, 만세!"

서문 쪽에서는 "이신방 장군 만세!" 소리가 터져 나왔다. 이신방이 북문에 와서 이복남과 조선군을 격려했다. 한물이 이신방과 나란히 북문으로 걸어왔다. 초희가 한물을 발견하고 달려왔다. 이신방은 초희가 무사하자 안심했다. 초희가 이신방에게 절하고 한물에게 풀쩍 뛰어올라 안겼다. 한물이 이신방에게 절하고 결사대들에게 둘러싸여 북문으로 올라갔다.

성안에 전 부치는 냄새가 퍼졌다. 이제야 병사들의 얼굴에 생기가 돌았다. 막걸리가 객관에서 풀렸다. "하하하하" 병사들이 제법 호기롭게 웃음소리를 냈고 부상병의 신음소리가 잦아들었다. 이신방은 동문으로 돌아와 앉았다. 피로가 몰려왔다. 크게 이겼다. 아마도 왜군은 전력의 상당 부분을 이번 전투로 잃었으리라. 이번에는 방어가 아니고 공격하여 이긴 것이다.

'한번만 더 막으면 된다.' 이신방은 승리를 직감했다. 한물의 목숨을 한번 살렸으니 한원영과의 약속도 지킨 것 같았다. 어쩌면 이번 전투도 이길 것 같다는 생각을 했다.

그때 북문 쪽이 소란스러웠다. 시끌시끌했다. 부관이 잔뜩 찌푸린 표정으로 달려왔다.

"장군, 양원 대장이 한물을 체포했습니다."

이신방의 표정이 굳어졌다.

'이놈, 양원…'

이신방은 한 눈에 돌아가는 상황을 눈치챘다. 한물은 묶여 있었고 윤 객주는 피 칠갑을 하고 쓰러져 있었다. 그놈의 역적타령이 분명했다. 이신방이 나섰다. 양원을 쏘아보며 말했다. 양원의 급소를 찔러야 했다.

"양원 대장, 고니시와 협상하고 있다는 것이 사실이오."

칼집에 손을 올리면서 이신방이 단호하게 외쳤다.

"적과 내통하는 것이 사실이라면 지위고하를 막론하고 목을 쳐야 할 것이오."

이신방이 칼을 스르륵 빼들었다. 탁자를 내리쳤다. 탁자가 쩍하고 반으로 쪼개졌다.

"뭐라? 네 이놈!"

양원도 칼을 빼들고 말했다. 양원이 부들부들 떨었다. 그러나 감히 이신방의 서슬에 어쩌지 못했다.

윤 객주는 풀려났고 한물은 이복남이 데려가서 옥에 가두었다. 이신방은 일이 더럽게 꼬여가고 있는 것을 직감했다.

12장 /

영파행寧波行

만력 이십오년 정유년 팔월 십육일 진시, 남원성 동문

이신방이 동문의 병사를 전부 망루로 불렀다. 어제의 대승 때문인지 병사들의 사기가 다시 올라갔다. 그러나 지금은 상황이 이상하게 흘러가고 있었다. 특히 한물이 잡혀가자 조선군의 분위기가 가라앉았고 덩달아 명군도 동요하기 시작했다. 병사들이 전부 이신방의 입만 바라보고 있었다. 그 입에서 무슨 말이 나오는지 기다렸다. 이신방이 무겁게 한마디 했다.

"여러분은 모두 나의 척가병이다."

잠시 침묵이 흘렀다.

"척가병은 절대로 혼자 죽지 않는다."

이신방의 목소리가 동문 성벽을 타고 흘렀다. 병사들의 눈빛이 달라졌다. 영파에서 온 소년병 소현이 창을 들어 성벽에 찍었다.

"쩡-"

소리가 성벽을 돌아나갔다. 그러자 동문에 모인 병사들이 전부 창과 칼을 들어 성벽에 찍었다. 성벽을 두드리기 시작했다.

"쩡쩡쩡- 두당당-"

칼과 창이 성벽에 부딪히는 소리가 사방에 진동했다. 칼을 방패에 두드렸다.

"와! 와!"

함성이 터지고 만세소리가 들렸다.

"척가병 만세!"

"이신방 만세!"

다시 이신방이 말했다.

"살자 하면 죽을 것이고 죽자고 하면 살 것이다."

다시 함성이 터졌다. 병사들이 만세를 불렀다. 손을 번쩍번쩍 들었다.

"척가병 만세!"

"이신방 만세!"

이신방이 손을 들어 함성을 잠재웠다. 이내 동문이 숙연해지고 모든 병사들의 눈이 이신방에게 몰렸다.

"우리는 살아서 영파로 갈 것이다."

이신방이 부하들을 둘러보았다.

"영파에 부모가 있다. 자식이 있고 아내가 있다."

부하들이 입술을 깨물었다.

"우리는 오늘 싸움에서 이기고 영파로 살아서 갈 것이다."

부관이 전고를 두드리고 깃발을 휘둘렀다. 전령이 힘차게 나발을 불었다. 병사들이 입을 모아 함성을 외쳤다.

"이기자!"

"우리는 하나다!"

"이기자!"

"우리는 척가병이다!"

이신방이 다짐하듯이 말했다.

"우리는 모두 척가병이다. 우리는 결코 물러서지 않는다. 우리는 결코 비겁하게 도망가지 않는다. 우리는 목숨을 같이하는 전우다. 같이 죽고 같이 살자."

부관이 먼저 칼을 높이 쳐들었다. 병사들이 전부 칼과 창을 하늘 높이 쳐들었다. 남원성에 햇살이 번지기 시작했다.

모승선과 장표가 동문으로 달려 왔다. 양원의 동태가 심상치 않았다. 혼자만 도망치려 한다고 말하며 모승선이 한숨을 푹 쉬었다. 남문 쪽의 상황이 좋지 않게 돌아가고 있었다. 왜군이 남문밖에 토성을 쌓기 시작했다. 이미 토성이 삼장 높이로 쌓였다. 이만 명의 왜군 병사가 연신 흙 포대를 실어 나르니 토성의 높이가 금방금방 올라갔다.

이신방은 동문의 병력 중 북방병을 남문으로 급히 이동시켰다. 북문으로도 전령을 보내 조선군 병력을 반쯤 남문으로 지원가라 명했다. 모승선과 장표가 급히 돌아갔다. 병력이 요천 가에까지 가득 들어찼다. 운제가 두 줄로 줄을 서서 늘어서 있었다. 토성은 자꾸만 올라가더니 점점 성벽에 가까워졌다.

이신방은 이번 한번만 막으면 된다는 생각을 했다. 한번만 더 방어에 성공하면 왜군도 더 이상 공격하기 어려울 것 같았다. 왜군도 마지막 총 공세를 준비하고 있는 것 같았다. 병사들이 남문으로 지원을 가서 빈자리에는 남원성 백성들을 배치했다. 노비와 노인들이었다. 어린아이도 있었다. 이신방이 명령을 하자 모두 성벽의 빈자리에 자리를 잡았다. 성벽에는 돌과 기와가 수북이 쌓여 있었다.

이신방은 척가병의 소년병 시절이 다시 생각났다. 영파나 남원이나 마찬가지였다. 영파를 지킨 사람도 백성들이었다. 어민, 염전공, 광산공, 상인, 농민이 영파를 지켰다. 거기에는 황제도 대신도 없었다. 남원에도 양반이나 조선의 왕은 없었다. 지금 성벽에는 남원의 도공이. 백정이, 농민이, 목수가, 승려가. 광대가, 기생이 싸우고 있었다.

그때 초희가 동문으로 왔다. 얼굴이 잔뜩 굳어 있었다. 이신방은 초희를 망루로 불렀다. 초희가 이마에 손을 얹고 이신방에게 큰 절을 했다. 이신방이 그런 초희를 일으켜 세웠다. 초희가 말했다.

"장군, 어머니의 목숨을 구해주셔서 감사합니다."

초희의 얼굴에 그때처럼 두 줄기 눈물이 흘렀다. 이신방의 눈이 흐릿해졌다. 윤 객주가 초희에게 모친의 이야기를 했던 모양이었다. 초희가 품에서 그림을 한 장 꺼내 이신방에게 건넸다.

"저는 모친의 얼굴을 기억하지 못합니다. 그때마다 이 그림을 꺼내 모친을 기억했습니다."

이신방의 탄성이 절로 터져 나왔다. 그 그림이었다. 낡은 종이가 금방이라도 부서질 것 같았다. 진이가 그림 속에서 웃고 있었다. 이신방이 목탄으로 그렸던 진이가 환하게 웃고 있었다. 이신방의 눈에 눈물이 주르륵 흘렀다. 그림을 들어 가만히 바라보았다. 갑자기 진이의 조잘거리던 목소리가 들렸다.

'세세!', '세세!'

진이의 향기가 그림에서 번져 나왔다. 감귤 향기, 복숭아 꽃 향기가 흘러 나왔다.

"이제 어머니를 돌려드립니다."

초희가 어머니의 편지를 이신방에게 건넸다. 진이가 삼십 오 년 전에 이신방에게 보낸 편지였다. 윤 객주가 영파에 가지고 갔으나 이신방에게 전달하지 못한 편지였다. 윤 객주가 평생을 간직하고 있다가 초희에게 모친이 간직하고 있던 그림과 같이 넘겨준 편지였다. 이신방이 편지를 펼쳐서 읽어보았다.

*

家居長干里 우리 집은 장간리에 있었답니다.

來往長干道 장간리 길을 오고가면서

折花問阿郎 꽃가지 꺾어 들고 님에게 묻곤 했죠.

何如妾貌好 꽃과 나와 어느 쪽이 더 예쁜가요.

昨夜南風興 지난밤에는 남풍이 일었는데

船旗指巴水 배의 깃발이 파수를 가리켰어요.

逢着北來人 북쪽에서 온 사람을 만나 물어 보니

知君在揚子 우리 님은 양자강에 계신다고 하더군요.

*

이신방이 속으로 통곡했다. 얼굴을 하늘로 쳐들었다. 조선 땅 남원의 파란 하늘이 보였다. 흰 구름이 무심하게 흘렀다.

이신방이 품에서 나무기러기를 한 쌍 꺼냈다. 손길에 닳고 닳아 반질거리는 나무기러기였다.

"초희야, 이것은 내가 너에게 주는 정표니라."

초희가 나무기러기 노리개와 나무기러기 목걸이를 두 손 으로 공손히 받았다.

"너의 정인과 하나씩 나누어라."

초희가 고개를 끄덕거렸다. 이신방이 초희를 한물이 갇혀 있는 옥사로 보냈다. 양원이 해코지하지 않을까 걱정되었다.

초희가 달려가려다가 문득 돌아와 이신방을 안았다. 초희 의 작은 몸이 이신방의 품에서 흐느꼈다. 이신방이 그런 초희를 안았다.

'고맙습니다.'

초희가 속으로 이신방에게 말했다.

'진이야, 드디어 내가 너를 만났구나. 기다려줘서 고맙다.'

이신방이 속으로 말했다.

초희가 급히 옥사로 달려갔다.

*

남문에는 우키타가 직접 나섰다. 운제가 두 줄로 줄을 서서 늘어서 있었다. 토성은 자꾸만 올라가더니 점점 성벽에 가까워졌다. 남문과 동문의 포루에서 일제히 불랑기포와 현자총통을 쏘아 봤지만 소용이 없었다. 현자총통에서 발사된 차대전이 토성을 공격했지만 토성의 진흙에 박힐 뿐 토성을 무너뜨리지는 못했다. 대완구에서 발사된 돌덩이도 토성에는 흠집을 내지 못했다. 화살과 총통의 사거리에는 닿지 못했다. 토성이 삼장 높이로 올라가더니 왜군의 대조총이 남문에 집중적으로 발사되었다. 남문 위에 있던 명군들이 조총에 맞아 성 밖으로 떨어졌다. 왜군이 함성을 올렸다.

"욧시!"

왜군도 더 이상 퇴로가 없는 모양인지 어제와는 다르게 비장한 표정으로 달려들었다.

"와!"

함성과 함께 일제히 삼십여 대의 운제가 움직였다. 운제 위에서도 연신 조총과 대조총이 발사되었다. 왜군이 화전을 쏘고 발화통을 성안에 던져 넣었다. 남문이 불에 휩싸였다. 남문 위의 명군은 성가퀴 밖으로 얼굴도 못 내밀고 잔뜩 웅크리고 있었다.

"발사하라!"

명군이 일제히 철전을 발사했다. 화거에서도 일제히 세전을 발사했다. 그러나 중과부적이었다. 쓰러지는 명군이 늘어났다. 왜군의 운제가 벌써 성벽에 붙었다. 운제에서 성벽으로 척척 사다리가 놓아졌다. 왜군이 성벽을 넘어 들어왔다. 명군 장수 주륜이 성벽을 넘어온 왜군을 향해 총통을 쏘다가 칼을 뽑아들었다. 왜군 셋이 일제히 달려들고 뒤 이어 세 명이 조총을 쏘았다. 주륜이 조총에 맞아 쓰러졌다. 이것을 본 장표가 성루를 포기하고 황급히 도망쳤다. 주륜의 목이 달아났다.

왜군이 주륜의 머리를 성루에 매달았다. 남문 성루에 불을 붙였다. 성벽을 넘어온 왜군과 명군이 뒤엉켜서 백병전을 하고 있었고 남문에 도달한 왜군이 혁거에 몸을 숨기고 성문에 화약을 심고 터트렸다. 남문이 터질듯이 흔들렸다. 명군이 남문을 몸으로 밀고 있었다. 남문이 깨졌다. 왜군이 우르르 남문으로 밀고 들어왔다. 이때 일제히 서문과 북문, 동문에서도 왜군의 공격이 시작되었다.

"쾅 콰광"

서문 쪽에서 화염이 열장 높이로 솟았다. 이신방이 놀라서 보니 무기창이 폭발하였다. 누군가가 고의로 무기창을 폭발시킨 모양이었다. 절로 한숨이 새어나왔다. 양원이 서문을 열고 나가려고 하는 모습이 보였다.

"문을 열어라! 공격이다!"

양원이 서문 위병에게 소리쳤다. 서문을 지키던 모승선이 황급히 성루에서 내려와 양원을 제지했다. 양원이 모승선을 설득하는 모습이 보였다. 모승선이 말을 듣지 않고 성루로 올라갔다. 양원이 문을 열지 못하고 주저주저하는 위병의 목을 쳤다. 명군이 다가가서 서문을 열었다. 양원이 일제히 말을 박차고 서문을 빠져나갔다. 기병 일백이 뒤를 따랐다. 한 물이 활을 날리는 모습이 이신방의 눈에 잡혔다. 이신방의 표정이 급격하게 굳어졌다. 서문도 고니시군에 의해 돌파되었다.

이신방이 지키는 동문과 이복남이 지키는 북문도 상황은 다르지 않았다. 서문 성안으로 고니시 군이 몰려들어왔다. 장표와 모승선이 성루를 포기하고 성안에서 왜군을 맞았다. 성벽에는 명군이 아직도 성벽을 타고 넘어오는 왜군과 뒤엉켜있었다. 모승선이 기병 오십을 모아 서문으로 탈출을 시도했다. 장표가 뒤를 따랐다. 서문을 겨우 돌파 했는데 왜군 조총대의 일제 사격을 받고 모승선이 말에서 떨어졌다. 왜군이 모승선의 목을 베었다. 장표는 탈출을 포기하고 동헌으로 도망갔다. 이제 겨우 이십의 명군만이 장표의 뒤를 따랐다.

추부관이 이신방의 대장기를 지켰다. 이미 성벽으로 운제가 다가와서 왜군이 넘어오기 시작했다. 동문의 남병들이 전부 칼을 뽑아들고 백병전을 대비했다. 왜군과의 칼싸움에서 이길 방법은 없었다. 이신방은 하늘이 컴컴해 지는 것을 느꼈다. 현기증이 나서 의자에 털썩 주저앉았다. 추부관이 이신방을 부축했다. 이신방이 당파를 집어 들고 일어섰다.

북문 쪽을 한번 둘러보았다. 초희의 모습이 보이지 않았다. 한물도 보이지 않았다. 고개를 들어 하늘을 쳐다보았다. 조선의 하늘은 파랬다. 구름 한 점 없는 하늘이 더욱 푸르게 보였다.

동문도 돌파되었다. 왜군들이 동문으로 쏟아져 들어왔다.

이신방은 끝까지 동문 성루에서 대장기를 지켰다. 병사들이 한 명씩 왜군의 칼에 쓰러져 갔다. 이신방의 눈에서 피눈물이 흘렀다. 일제히 왜군들이 성루로 올라왔다. 조선 백성이 돌을 들어 내려치다가 왜군의 칼에 허리가 베어졌다. 아낙이 화살로 왜군의 발등을 찍는 것이 보였다. 아낙의 허리도 왜군의 칼에 동강났다. 왜군이 대장기를 뺏기 위해 서로 달려왔다.

"장군!"

추부관이 이신방을 불렀다. 이신방이 희미하게 웃었다.

"장군과 같이 죽게 되어 영광입니다."

추부관이 웃어보였다. 추부관이 칼을 뽑아들고 이신방의 앞을 막았다. 왜군 두 놈이 추부관의 칼에 쓰러졌다. 조총이 일제히 발사되었다. 추부관이 피를 토하며 쓰러졌다.

이신방이 앞으로 나섰다.

"내가 이신방이다."

이신방이 크게 함성을 질렀다. 왜군들이 감히 다가오지 못했다.

잠시 정적이 흐른 후 조총이 일제히 발사되었다. 이신방이 쓰러졌다. 의식이 흐릿해지는 이신방의 눈앞으로 조선의 높푸른 하늘이 무한히 펼쳐졌다. 그 속에서 진이 환하게 웃으며 신방에게로 다가왔다. 신방의 눈가에 촉촉이 눈물이 맺혔다.

왜군이 서로 달려들어 이신방의 목을 치고 사지를 잘랐다. 한 놈은 이신방의 투구를 챙기고, 두 놈은 이신방의 목을 놓고 서로 드잡이를 했다.

남원성 사람들

명나라 장수 이신방전

고형권 역사소설

초판인쇄, 발행일 2019년 4월 5일
발행인　　　　박인애
발행처　　　　구름바다

등록일　　　　2017년 10월 31일
등록번호　　　제406-2017-000145호
주 소　　　　파주시 노을빛로 109-1 301호
전 화　　　　031-8070-5450, 010-4301-0736
팩스　　　　　031-5171-3229
전자우편　　　freeinae@icloud.com
디자인　　　　여현미
인쇄　　　　　한영문화사

ⓒ고형권
ISBN 979-11-962493-2-8(03810)
값 12,000원

「이 도서의 국립중앙도서관 출판예정도서목록(CIP)은 서지정보유통지원시스템 홈페이지(http://seoji.nl.go.kr)와 국가자료공동목록시스템(http://www.nl.go.kr/kolisnet)에서 이용하실 수 있습니다.(CIP제어번호: CIP2019011721)」